강민 시인
5주기
추모 시집

그리움에 진달래는 피어나라

강민 시인을 사랑하는 사람들

푸른사상
PRUNSASANG

동인시 **16**

그리움에 진달래는 피어나라

인쇄 · 2024년 12월 10일 | 발행 · 2024년 12월 20일

엮은이 · 공광규 김금용 김윤환 맹문재 장우원 조미희
펴낸이 · 한봉숙
펴낸곳 · 푸른사상사

주간 · 맹문재 | 편집 · 지순이 | 교정 · 김수란, 노현정
등록 · 1999년 7월 8일 제2-2876호
주소 · 경기도 파주시 회동길 337-16(서패동 470-6)
대표전화 · 031) 955-9111(2) | 팩시밀리 · 031) 955-9114
이메일 · prun21c@hanmail.net
홈페이지 · http://www.prun21c.com

ⓒ 공광규 김금용 김윤환 맹문재 장우원 조미희, 2024

ISBN 979-11-308-2199-3   03810
값 12,000원

강민 시인. 인사동 포도나무집에서.

1939년 경성 장충공립심상소학교(장충초등학교) 입학 사진.

1966년 이국자와 결혼.

시집 『기다림에도
색깔이 있나 보다』
출판기념회.
왼쪽부터 큰아들
내외, 손자와 강민
시인, 아내, 맏딸,
막내아들.

시집 『외포리의 갈매기』 출판기념회. 인사동 포도나무집. 2014년 7월 9일. 왼쪽부터 강민, 신경림, 박정희, 신봉승, 민영, 황명걸.

시집 『백두에 머리를 두고』 출판기념회. 2019년 3월 6일. 용인 포은아트홀. 앞줄 왼쪽부터 김태수 부부, 강민, 김준태, 맹문재. 뒷줄에 정우영, 박정희, 박몽구, 임동확, 채상근, 박설희, 이인휘, 칡뫼 김구, 임경일 등.

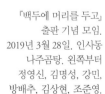

『백두에 머리를 두고』 출판 기념 모임. 2019년 3월 28일. 인사동 나주곰탕. 왼쪽부터 정영신, 김명성, 강민, 방배추, 김상현, 조준영.

인사동 포도나무집에서. 2014년 1월 21일. 왼쪽부터
박희호, 이경철, 이소리, 맹문재, 강민, 이행자.

김현경 선생님 댁에서. 2015년 2월 21일. 왼쪽부터 김가배,
구명숙, 김현경, 강민, 신동명, 정원도, 함동수.

문학의집 서울에서. 2015년 7월 30일. 왼쪽부터 박설희, 정원도, 김현경,
강민, 김후란, 박정희, 김가배.

강민 시인 생일 기념 오찬회. 인사동 가회. 2016년 3월 3일. 왼쪽부터 김승환, 박정희, 강민, 추은희, 심우성, 장소임, 채현국, 신경림, 김희연, 장경호. 앞줄은 조문호.

인동회 금산 여행.
강민, 김행기, 이혜선, 이경철,
박정희, 김금용, 천성우.

김수영 시인 50주기 추모 시 낭송회.
2018년 6월 9일. 용인시청 컨벤션홀.
앞줄 오른쪽부터 유순예, 권지영,
강민, 김현경, 함동수, 맹문재, 김동석.
뒷줄 오른쪽부터 안영선, 김춘리,
오춘옥, 박설희, 오현정, 정원도,
이주희, 강송화, 공혜련, ○○○.

통일문제연구소. 이수호, 김승환, 백기완, 방배추, 강민.

20차 광화문 촛불 집회에서. 2017년 3월 11일. 앞줄에 조미희, 김주대, 정소슬,
김자흔, 박찬세, 맹문재, 하명희, 김림, 정세훈, 윤일균. 두 번째 줄 정우영,
권순진, 김명지, 박완섭, 김종철, 김창규, 신경림, 강민, 박경분, 염무웅, 김판수,
○○○, 공광규. 맨뒷줄 현기영, 장대송, 유용주, 문동만, 유채림.

분당 서울대병원에서. 2019년 7월
3일. 염무웅, 이은정, 서정란, 강민,
정승재, 맹문재, 정우영, 정원도.

그리움에 진달래는 피어나라

1.

시보다 말씀이 더 재밌는 거 같아서/또 실수 (공광규)

배포 큰 선배님 말씀과 시인 정신을/포도나무도 기억하는
지 (김금용)

삶도 이야기하셨다//다가가면 지하수도 흘렀다 (김남석)

따뜻했던 말과 웃음/그런 흔적들 (김미녀)

소중했던 인연의 꽃과 나무 (김선진)

무엇 하나 소중하지 않으랴 (김영은)

시인들의 아버지였던 선생님 (김윤환)

시인의 깊고 질긴 사랑을 어찌할 것인가 (김이하)

짜아식! 이제 왔냐? 하시며 반겨주실 테지요 (김현지)

2.

그가 밟았던 길들이 일어선다 (나숙자)

형님이 없는 인사동 거리는/너무 쓸쓸해요 (문효치)

축복의 역사여서 다만 그리울 뿐이네 (맹문재)

외포리의 갈매기는 오늘도 아름다운 비상을 하는데 (박설희)

언제 어디서 누구든 넉넉히 품어주시던 천하 대인 (서정란)

선생님의 오롯한 친필이 촛불보다 흰했다 (유순예)

구석에서 조바심내더라도/눈치 주지 마시기를 (유종)

끊어진 방파제를 손보아야겠습니다 (윤제림)

3.

아버지라 아들이라 서로 부르며 그날 꼬옥 안아드렸던 선
생님 (윤중목)

배고픈 자 술고픈 자/아낌없이 베풀고 (이경철)

못다 한 이야기보따리 풀어놓으셨나요 (이명옥)

말소리는 부드러웠지만 말속에 쇠심을 박은 것처럼 강했
다 (이상문)

천 알의 밀알, 만 알의 밀알들 (이수영)

선생이 소리 높여 외쳐 부르던 인사동 아리랑 (이승철)

독해하지 못하는 우리의 무지라고나 할까요 (이영숙)

대륙횡단 기차표를 생각하면 가슴이 먹먹해집니다 (이원규)

선생님은 사랑이시다 (이은정)

누가 길을 물어 오면 돌아가는 길을 알려주리라 (이인성)

'사람'을 사랑하고 '정의'를 귀히 여기고 (이혜선)

4.

흘러서 이렇게 또/우리를 적시네 (장우원)

광화문 촛불 물결/배고프다 하시며 (정승재)

돌아가 환히 웃으시는군요 (정원도)

꽃이 진다고 다시 꽃이 오지 않겠는가 (조미희)

언제나 눈물을 닦아주는 손수건이셨습니다 (조정애)

후배들에게 인간적인 선배로 기억되는 분 (채상근)

내보이지 않으셨던 따스한 적막 (최금녀)

끝까지 주제는 전쟁과 민주화였다 (함동수)

양심을 들고 광장으로 간다 (함진원)

나의 기도는 사막이다 (허형만)

스스로는/밤하늘이 되었지요 (홍사성)

시종이 일관했던 당신의 인품 (홍신선)

5.

시를 쓰셔서 시인이 아니고 느끼고 살아가시는 게 시로구나 (강일구)

사회적 약자를 위해 힘써 왔던 참된 민주투사였다 (방배추)

아버지의 발견이라는 사건

아들 강일구

내가 스물아홉이 되던 해의 일이다. 알량한 월급쟁이 시절 나는 모든 것이 두려웠다. 늘 정신없이 일정을 체크하고 늘 허겁지겁 결과물을 챙겼다. 같이 일하는 동료들은 언제나 일정을 어기거나 부실한 결과물을 내어놓을 수 있는 잠재적 관리 대상자로만 보였다. 항상 가슴속엔 일정 안에 끝내야 한다는 초조함과 주어진 예산 안에 결과물을 내놓아야 하는 강박감, 그리고 매출로 나타날 숫자로 환산될 나의 인격에 모든 관심이 있었다.

어느 날 거래 업체가 일정을 어겼다. 업체를 방문했을 때 사장이라는 자는 아버지 병간호에 매달려 회사 신경 쓰지 못한 지 오래고, 팀장이라는 자는 출근을 안 한 지 꽤 되었다 한다. 나는 짐을 풀고 그 회사에서 상주하게 되었다. 그곳의 사람들은 나를 불편해했지만 알 바가 아니었다. 나는 결과를 내야 했고, 시간 안에 이 일을 끝내야 하청업체에 잔금을 결제해줄 수 있고, 그 돈이 있어야 여기 사람들이 월급을 받을 수 있었다. 길게 생각할 이유가 없었다.

프로그램 개발이라는 일은 항상 마지막에 늦어버린 일정과 망가진 데이터와 인터페이스 디자인으로 프로그래머에

13

게 주어진다. 이 하청업체의 프로그래머에겐 잘못이 없다. 하지만 일정을 맞추어야 했다. 그는 만삭의 아내를 걱정했다. 하지만 그건 내겐 고려 사항이 아니었다. 그를 붙들고 삼일 밤낮을 쉼 없이 작업했다. 그가 문제가 있다고 이야기한 부분은 수단과 방법을 가리지 않고 수정했다. 그리고 다시 프로그래머에게 데이터가 주어졌다.

그리고 나흘째 되는 날 아침이었다. 그가 내게 오늘은 아내가 너무 걱정되어 들어가봐야겠다는 이야기를 했다. 나도 차마 오늘도 회사에서 밤을 새우라는 이야기를 할 수는 없었다.

"그래요. 오늘은 들어가셔야지요."

나는 불안을 감추고 웃는 낯으로 이야기할 수밖에 없었다.

그리고 나는 밖으로 나와 잠시 고민하다가 팀장에게 전화를 걸었다. 그리고 팀장은 나를 대신해 그를 붙잡고 밤샘을 시켰고, 나는 목욕탕으로 갈 수 있었다. 내게 죄책감은 없었다.

'이건 당연한 거야, 이 일에 매달린 사람들의 무게를 생각하면 너무 당연한 거야.'

나는 그렇게 중얼거렸다.

일이 끝나고 좋은 성과를 내고 내 뒤에선 다들 나를 욕했지만, 그 사람들은 언제나처럼 나와 일하기를 원했다. 하지만 내 안의 불안감은 줄어들지 않았다. 입안에 감도는 피 맛은 여전했고 콧속에 풍기는 흙 내음도 가시지 않았다. 그리고 다시 옆자리 후배의 얼굴을 보며 오늘은 또 어떤 감언이설로 이 친구를 설득해야 하나 궁리 중인 나를 발견했다. 그리고 나는 내가 무서워졌다, 어느새 자본의 언어로 이야기하고, 자본의 논리로 사고하고, 자본의 눈빛으로 사람을 대하는 내가 역겨웠다. 나는 내가 싫었다.

나는 사람들을 어떤 표정으로 대해야 할지 몰랐다. 그렇게 시간이 흘렀다. 그리고 어느 명절날 아버지께 이야기를 들었다.

"이 친구야, 좀 얼굴 좀 펴고 살아. 혼자 세상 다 산 사람처럼 굴지 좀 마."

"날라리 살아, 나라를 위한다, 회사를 위한다, 집안을 위한다는 사람들이 나라 말아먹고, 회사 말아먹고, 집안 말아먹는 거야."

"네가 뭔가 할 수 있다 생각 말고, 네가 뭔가 이루어야 한다. 생각 말고, 오늘 지금 뭘 할지만 생각해."

그때 아버지가 해주신 말씀이 나는 어떤 의미였었는지 이해할 수 없었다.
하지만 말씀은 이해를 못 해도 아버지를 뵙고 나니 숨통이 트이는 걸 느꼈다. 그리고 그 뒤 세상에 나가 살다 숨이 막히곤 하는 때면 아버지를 찾아뵙거나 전화를 드리곤 했다. 그리고 어머니께서 소천하시고 아버지께서 이 못난 자식과 같이 살아주시기로 한 다음에야 알게 되었다. 아버지께서는 시를 쓰셔서 시인이 아니시고, 느끼고 살아가시는 게 시로

구나. 이후에도 나의 바닥을 들여다본 것 같은 부끄러움에 휩싸일 때, 나는 곁에 계신 아버지께서 읊조리는 나지막한 콧노래 소리에 위안을 얻었다.

이제 아버지께서는 나를 떠나시고 나는 세상에 홀로 던져진 채 살아간다. 거리낌이 쌓이면 두려움이 되고, 두려움이 커지면 마음속에 서러움이 생긴다. 그럴 때면 아버지와의 추억에서 아버지라는 이름의 삶의 위안을 발견하고 그때의 하신 말씀을 되뇐다.

강민 형을 그리며

방배추(동규)

쏜살같은 세월이라더니 강민 형이 떠난 지 벌써 다섯 해가 되었다.

세상살이에 짓눌려 까맣게 잊고 있던 옛 친구들의 그리움이 맹 교수의 전화 한 통에 다시금 추억을 되새기게 되었다.

강민 형과는 일천구백육십년 초부터 띄엄띄엄 만나던 처지였으나 내가 서독 광부로 서울을 떠나 독일에서 삼 년, 그 후 파리에서 이럭저럭 여러 해를 지내고 일천구백칠십년 칠월에 귀국해서부터 자주 만나게 되었다. 강민 형의 너그러운 술자리에 드나들게 되면서부터였다. 그 후 그가 한 많은 세상을 등질 때까지 죽 허물없이 지내었다.

나는 성격이 좀 과격하고 경망한 편이었으나 그의 성격은 나와는 반대였다. 6·25전쟁 때 학도병으로 고생을 했고, 또 일단 걸려들기만 하면 굶어 죽든지 얼어 죽든지 살아 돌아오기 힘든 국민방위군이라는 지옥 같은 무리 속에서도 꿋꿋이 견디며 살아온 내강외유의 점잖은 성격의 소유자였다.

우리나라에서 굴지의 출판사라고 자부하던 회사의 고위
직 간부로 지내던 강민 형은 군사독재 정권하에서 수배되어
도망 다니던 학생 청년들에게 일자리를 마련해주었다. 그
리고 출판사 노조의 노동자들과 회사 측과의 대립이 생겼을
때에도 사심 없이 자기의 고위직을 내던지면서까지 노동자
의 편에 섰다. 그렇게 싸우다가 직책을 잃고 백수가 되었던,
사회적 약자를 위해 힘써왔던 참된 민주투사였다.

내가 박 정권과 전두환 정권 때 두 번이나 감옥소에서 고
생하고 나왔을 때도 제일 먼저 부인과 함께 찾아와 위로와
용기를 북돋아준 고마운 친구였다. 지난 광화문 촛불집회에
도 빠짐없이 참석했다. 항상 민중의 일원으로 투쟁 현장에
서 묵묵히 자기가 할 일만 하고 남달리 이름을 내세우지 않
는 그런 사람이었다.

강민 형은 전립선암 환자였지만, 주위의 몇몇 친지들의
수술 권유에도 한사코 마다하며 평온한 마음으로 술도 한
잔 기울이고 친구들도 두루 만나며 일상생활을 해나갔다.
그가 이승을 떠나기 며칠 전 갑자기 병세가 악화되어 호스
피스 병원으로 입원을 하게 되었다. 그곳으로 병문안을 갔
을 때 그와 나눈 몇 마디가 새삼 생각이 난다.

"야, 배추야. 마지막 작품으로 시를 몇 줄 쓰려고 하는데
통 글이 안 나와."

"너무 시에만 집착하지 말고 건강이나 힘써."

"건강이고 뭐고 다 틀렸어. 이곳에 오면 두 달 안에 죽어야

지. 더 오래 끌면 퇴원해야 된대. 이곳에 오면 두 달 안에 죽어야 되는 것이야."

죽음 앞에서도 그는 시 쓰는 일에 열중했고, 죽음도 담담하게 두 달 안으로 받아들였다.

장례식 날 같이 간 고 백기완 형이 한말씀 했다.

"야! 인마! 니가 먼저 가면 어떡해."

하며 몹시 슬퍼했다.

나는 묵묵히 향을 피우고 절을 했다.

아, 새삼 강민이 보고 싶다.

| 차례 |

■ 책머리에　10

■ 아버지의 발견이라는 사건_강일구　13

■ 강민 형을 그리며_방배추(동규)　17

제1부 실수 연발

공광규　실수 연발　27

김금용　들으셨어요?　29

김난석　고 강민 시인을 추모함　31

김미녀　수서를 지날 때면　34

김선진　들리시나요 선생님!　35

김윤환　동토에 시(詩)를 뿌리고　37

김이하　그리움에 진달래는 피어나라　39

김현지　강민 선생님을 추억하며　41

나숙자　인사동 길　43

맹문재　인사동 시인　44

문효치　강민 형을 생각함　46

박설희　마지막 휴머니스트　47

박이정　만항재에서　49

제2부 **야 인마 캬**

서정란 야 인마 캬 53

유순예 지팡이 55

유 종 방귀 57

윤제림 축문(祝文)을 지으려다 그만두고 59

윤중목 무등을 거쳐 61

이경철 삼도천 주막 63

이명옥 안부를 묻습니다 65

이수영 무반주 첼로 모음곡 제6번 사라방드, 바흐 67

이승철 '인사동 아리랑'을 외쳐 부르던 시인 68

이영숙 오더가 떨어집니다 74

이인성 바람이 사는 법 76

이혜선 그곳에서 행복하셔요 77

제3부 거기 노시인이 있었네

장우원   거기 노시인이 있었네   81

정승재   철들지 말자   82

정원도   귀천(貴天)이시니 귀천(歸天)하소서!   84

조미희   맑은 눈의 노시인   86

조정애   눈물을 닦아주는 손수건   88

채상근   그 노인이 궁금하다   90

최금녀   따스한 적막   91

함동수   그는 웃었다   93

함진원   희망   95

허형만   나의 기도는   96

홍사성   고사행실록(高士行實錄)   97

홍신선   난꽃 한 떨기   98

제4부 그리운 선생님

김영은   그리운 선생님   101

이상문   강민의 사랑법   103

이원규   큰형님, 그립습니다   108

이은정   아, 강민 선생님   110

| 차례 |

제5부 **강민 대표시 읽기**

꿈앓이   115

외포리의 갈매기   117

인사동 아리랑 7   118

비망록에서 1   120

동오리 34   122

이름 짓기   123

경안리에서   124

명동, 추억을 걷는다   126

새는   132

■ 편집 후기_맹문재   133

■ 함께한 사람들   142

■ 강민 시인 연보   149

제1부

추모시   실수 연발

실수 연발

공광규

한때 강민 신경림 두 분 단골이셨던
조계사 건너 아지오 1층

피자 굽는 화덕 옆 앤틱 식탁에
배가 둥근 맥주잔 놓고 둘러앉아
이런저런 한담 중이었는데

전쟁 나던 해 8월 경안리 주막에서
피난 가던 자신과
북에서 고급중학교 다니다 징집되었다는
또래의 어린 인민군이 만나
밤새 서로 적의 없이 이야기하다
우리 죽지 말자며 악수하고 헤어졌다는
말씀을 하시는데

나는 그만 감동하여 얼른 말을 끊고
— 와, 선생님 시로 쓰십시오
하자

얼굴이 굳어진 선생님
— 너는 시집 안 읽는구나. 네가 거시기 지원금 추천해

27

서 낸 거잖어

　나는
　— 아~ 예~
　머리 긁적긁적
　— 읽은 것 같습니다만, 시보다 말씀이 더 재밌는 거 같
아서
　또 실수

들으셨어요?

선배님 들으셨어요? 노벨문학상을 한국에서 탔어요
한강 작가가 탔네요
선배님이 계셨으면 광화문으로 나가자, 어깨춤 추자 하
셨겠죠

"복분자가 좋다 해도 술이구만, 꼭 마셔야겠어?"
신경림 선배님이 걱정 짙은 잔소리를 하셔도
한 잔 털어넣으며 호탕하게 웃던 선배님

전립선암 수술 거부하기를 잘한 거라며
한겨울 추위에도 광화문 광장으로 나가
젊은 작가들과 어깨 둘러메고 촛불을 들었던 선배님

"동국문학상 상금 받아내려고
총장실에 가서 주먹 센 친구에게 벽을 내리치게 했지
문학상 상금을 줘야 않겠나 따진 거지,
상금이 그때부터 나온 거야"
열여덟 소년같이 어깨를 으쓱하시던 선배님

안국역 가는 길에 시인들과 함께 들르던
좁은 골목 속 포도나무집

공짜로 땅콩과 기타 반주에 노래도 들을 수 있었던
그 집도 이젠 문을 닫았지만
신경림 선배님까지 지난 5월에 떠나
척추 굽은 포도나무만 빈 골목을 지키고 섰지만,

배포 큰 선배님 말씀과 시인 정신을
포도나무도 기억하는지,
노벨문학상도 탔으니 걱정 말라고
구름과 잘 놀고 계시라고,
굽은 허리 펴며 웃는다
노을빛 햇살에 더 붉게 웃는다

고 강민 시인을 추모함

한 노시인이 떠나는 모습을 보았다
여름 뜨거운 열기가 물러나는 모습도
시원하기는커녕 쓸쓸하기만 하더이

어떤 이는 세월에 떠밀려 사라지고
어떤 이는 목숨 놓고 사라지는 운명 앞에
우리는 과연 무얼 할 수 있는가……

지난 2019년 7월 7일
어느 요양원으로 가시기로 한 날이었다
손잡고 위로의 말을 건네니
먼저 간 이들과 대화를 나눌 예정이라고

그로부터 23일 지난 8월 1일
물어물어 어느 산골 요양원에 들러보았다
감았던 눈 뜨시더니
어떻게 왔느냐고 물으시더이

물어물어 찾아왔노라 하니
들으시는지…… 아닌지……
잠시 눈을 감았다 뜨면서

"엄마~! 엄마~!" 하시더니

그로부터 22일 지난 8월 22일
소천을 받으시고 말았으니
요양원에 입원한 날로부터
꼭 45일 만이었나 보다

그로부터 세월은 간단없이 흘러
2024년 시월이다

나에겐 두 분의 특별한 문학 멘토가 계셨다
한 분은 성춘복 시인이시고
또 한 분은 강민 시인이시다

한 분이 아폴론이라면
또 한 분은 디오니소스라 할까……

한 분은 문학을 이야기하시고
또 한 분은 삶도 이야기하셨다

한 분에게 다가가면 하늘에 구름 흐르고

또 한 분에게 다가가면 지하수도 흘렀다

한 분에게 다가가면 침묵이 흘렀지만
또 한 분에게선 웃음도 새어 나왔다

한 분을 다섯 해 전에 잃고
또 한 분을 올해에 잃고 말았으니

아! 나는 이제 들판에 홀로 섰구나
바람과 벗하는 들판에

임이시여! 평안하시라
영겁의 자유 품안에서

수서를 지날 때면

김미녀

기억은 가끔 나를 앞지른다
무심코 있다가
수서를 지날 때면
보랏빛 바이올렛이 놓인 창가의 바람
흐린 어느 날의 구름
그리고 따뜻했던 말과 웃음
그런 흔적들을 데리고 온다
문득 들여다본 갤러리에서 만난 사진처럼
떠나거나 혹은 남아 있는 우리들의 모습
지하철의 소음을 따라 흩어진다
너는 인마……
이렇게 반가움을 건네시곤 했는데
고장 난 휴대폰이
차마 놓지 못하는 이름들을 지우게 하는 오늘
그곳에서도 호탕하실 강민 선생님
당신도 놓으라 한다
가을이 참 급하게도 왔다

들리시나요 선생님!
— 어느새 5주기를 맞으며

김선진

몇 굽이굽이 올라서야
천상의 층계에 다다를 수 있습니까

"김 선생~" 은빛 햇살처럼
언제나 점잖게 불러주시던 목소리

1992년 문인협회 해외 행사의 7월
모스크바, 알마아타, 레닌그라드의 에르미타쥬 미술관
백야를 가르며 달리던 러시아의 밤 열차

무색의 빗방울 사이로 젖어 있던 프라하
카프카의 생가에도 비가 내리고
볼타바 강변 찰스브리지 난간에서의 추억
강민, 구혜영, 김문수, 유재용 선생님
유쾌한 웃음소리 아득히 들립니다

문단 초년생에게
꿈과 희망과 그리움의 조각, 조각들
산맥의 무성한 나무처럼
푸릇푸릇 자라게 돋아주신 선생님

부인 이국자 소설가님의 병실에서

바윗덩이 침묵의 애절한 부부애가
아직도 사라지지 않는 향기로 남았습니다

이국땅에서 달려온
따님의 눈물을 차마 닦아주지도 못하고
두 분의 안위만 기원 드렸었는데

세상의 이별은 언제나
순서도 없이 앗아 갔습니다
허락도 없이 모두 잃고 말았습니다

선생님께서 꿈꾸시던 세상은
아직도 세찬 바람으로 허허로운데

소중했던 인연의 꽃과 나무
이제
어떤 그리움의 물로 다스려야
옛날처럼
다시 살아오실 수 있으십니까

그리운 선생님!

동토에 시(詩)를 뿌리고
— 강민 시인을 추모하며

김윤환

양평 동오리를 떠나
성남 미금역 초밥집을 지나
강화 외포리에 닿아
저 건너 북녘땅도 들렀다 가셨겠지요
파주 임진각에 머물다
진해 공군사관학교 연병장을 찾아
까마득한 얼굴과 이름들 떠올리셨나요

문인들을 섬기던 잡지사 책상을 쓰다듬다
세종로 민중 궐기 현장의 선전지를 주워 읽고
그렇게 돌고 돌아
서울 을지로5가 생가터에 걸터앉아
마침내 어머니 호명을 들으셨나요

가고 다시 오지 못하는 길이라도
선생님 시편에 흐르는 분단의 비애
반동의 역사에 토해낸 통곡
형형한 눈빛과 당당한 목소리는
남녘 땅 시인들의 가슴에 남아 있습니다
시인들의 아버지였던 선생님
독자들의 선지자였던 선생님

오늘도 우리를 찾아
통일의 역사, 민초의 푸르른 해방
함께 하자 함께 가자
손잡으시네요
아직도 비극의 땅에다
기도로 시를 쓰시네요

그리움에 진달래는 피어나라

— 촛불 시인 강민을 그리며

김이하

아직도 이 땅은 시인의 비망록에 묻힌

비참한 어느 한 곳이다, 싱싱한 살육의 벌판*이다

그러나 그 미로 속으로 얼쩡거리는 그림자

머뭇거리며 걷는 미로의 배회**는 끝나지 않았다

건물도 바뀌고 사람도 바뀌고 인심도 바뀐

점점 서걱거리는 인사동 모퉁이에서, 명동 어디쯤에서

시대를 같이한 벗들의 자취 더듬으며 그 어둠에 스미듯

스스로 역사의 한 자취가 된 유목민으로

피난길에 만난, 북에서 온 친구를 보내고 외로웠던 시인

광풍 같은 피의 역사를 지우며 술 한잔을 나눈

북에서 만난 그 시인은 잘 계신가 또 그립고

외로운 이 땅에서 가난과 병으로 낙오병처럼 절름거리며

멈칫멈칫 이 거리 저 거리에서 한세월 보냈더니

무잡한 세상이라니, 한 마음 낄 자리 없어 방관자가 되었다니

촛불과 함께, 옛 조선에 부여에 고구려에 백제에 신라에 고려, 조선에 핀

진달래를 만난 듯 달뜬 얼굴로 일민중(一民衆)***— 민주의 불씨 피워

느껍게 저 깊이 움츠린 목을 뽑아 소리치며

참혹한 병신년(丙申年)을 건너던 시인의 의지는 아직 너

끈했다

　오랜 배회를 마치고 비로소 물큰한 민중의 가슴에 안겨

　그깟 철조망쯤이야, 그깟 지뢰밭쯤이야

　수시로 넘나드는 이 겁 없는 사랑을 어찌 막을 것인가

　머리를 백두에 두고 다리는 한라에 걸친

　시인의 깊고 질긴 사랑을 어찌할 것인가

　아무렴, 인사동 거리 어디선가 홀연히 묻힌 이름 아니라

　곰탕집 골목이거나 귀천, 오줌 골목에서

　무심코 불쑥불쑥 튀어나와 시대와 어깨동무하는

　한 시절 아픈 문학을 살다 간 시인의 불멸(不滅)을

　진달래 봉긋봉긋 피어오르는 봄날 하냥 보겠다

* 강민 시인의 시 「기(旗)」 중에서.
** 시집 『백두에 머리를 두고』 「시인의 말」 중에서.
*** 오로지 민주의 불씨 되찾자는 마음에서 지은 두 아들 이름(一求,
　　民求) 첫 글자와 첫 조카 이름(衆求) 첫 글자를 모아. 시 「이름 짓
　　기」

강민 선생님을 추억하며

김현지

당신은*
먼 하늘의 그리움일 뿐,
이승과 저승의 거리만큼
그렇게 먼 곳에 계시었습니다 당신은
……

선생님의 싯귀를 외우며
아련한 슬픔에 젖던 사춘기 시절
그때로부터 오랜 훗날 선생님을 뵙게 되었지요

한때는 선생님이 초대해주신 카페 '동오제'에서
카페지기로 밤을 밝히며 행복해하던 때도 있었네요

고향의 뒷산 같고 큰오라버니 같아
늘 등 기대고 싶었던 제가 큰 해일을 만나 괴로워할 때
포근히 감싸주시던 이국자 선생님 황망히 가시던 날
허공을 헤매던 선생님의 눈빛을 지금도 잊지 못해요

그래도 잘 버티시던 선생님 기어이 가신 지도 어언 5년
또다시 가을입니다

선생님은 지금 어디쯤에 계시나요
어느 산굽이에 정자 하나 지어놓고
뒤따라올 제자들 후배들 기다리고 있나요

삐꺽거리는 계단을 밟고 올라서던 학림다방, 창가에서
푸근한 미소로 앉아 계시던 모습 지금도 선한데
카톡도 전화도 안 받으시네요

곧 가을이 깊어지고 겨울이 오겠지요
계절의 순환만큼 긴 인연의 순환길에서
우연인 듯 다시 만나게 되는 날
짜아식! 이제 왔냐? 하시며 반겨주실 테지요

그리운 선생님 안녕!
오늘 편지는 여기까지만 적을게요

인사동 길
— 강민 시인

나숙자

인사동 골목 사이로
바람이 서성인다
잊혀지지 않는 얼굴
낮달을 밟으며 온다
인마 짜샤 !
그의 목소리가 바람과 함께
몰려왔다 사라진다
그가 밟았던 길들이 일어선다
포도나무집이며
여자만, 나주곰탕
사잇길로
그의 그림자가 걸어간다

친구도 없이 혼자다

참으로 쓸쓸한 한나절이다
저승길을 걷고 있나 보다

* 강민 선생님 가시고 10일 후 쓴 시.

인사동 시인

― 강민 선생님께

맹문재

노시인은 인사동을 걸을 때마다
경안리 주막에서 오십년 팔월 하룻밤을 함께 묵고 헤어진
같은 또래의 북한군을 그리워했다

전쟁터에 끌려가 행방불명된 친구들
저승 문턱까지 끌고 갔던 포성과 추위와 배고픔
갈피를 잡을 수 없던 미로도 떠올렸다

그때마다 손을 잡아준
강제 철거된 광희동 판잣집의 어머니
미장일에 지쳐도 왜놈 망하는 꼴 보고 죽겠다던 아버지
동오리의 울타리에서 웃고 있는 아내
민주의 불씨 찾으라고 지어준 아들과 조카의 이름 일민
중(一民衆)

청년기에 만났던 명동의 예술가들과 외상을 주던 술집
주인들
4·19혁명에 앞장선 학생들과 신문팔이와 구두닦이들
중앙정보부를 따돌리고 만난 투사들

그리하여 인사동의 귀천과 유목민과 포도나무집과 국수

집을 거쳐
　촛불이 타오르는 광장으로 갈 때마다
　노시인은 노래했다

　물은 속이지 않네
　산은 속이지 않네
　동반은 속이지 않네

　축복의 역사여서 다만 그리울 뿐이네

(『세계일보』, 2019년 8월 23일)

강민 형을 생각함

문효치

형님,
형님이 없는 인사동 거리는
너무 쓸쓸해요

지나는 사람 어깨 위에
나무 잎사귀 뜻 없이 떨어지고
스치는 햇발도 차갑게 식었어요

형님,
인동회 식구들 시들 시들
시인들이 즐거웠는데

형님이 없는 인사동 그 집
곁눈으로 흘겨보며
'여자만'을 오늘도 그냥 지나갑니다

길마다 골목마다 사람은 많아도
굴러가다 구름 속으로 숨어드는 달빛처럼
인사동, 너무나도 속절없어요

마지막 휴머니스트

박설희

개펄에 붉은 빛이 점차 퍼진다
붉은 물웅덩이들에 갈매기가 들어앉아 있다
물속 수백의 태양을 쪼는 새들
노을 진 자리에 어둠이 스며든다

노을 한 장 접어 가슴에 담는다
이번 노을은 구름이 있어
좀 더 찬란했다고 중얼거리며

잘못 가고 있는 세상을 외면하고 쓰는 시는 가짜라며
차라리 뒤에서 친구들을 돕자고 살았던
그에게서 밥을 얻어먹지 않은 시인이 없다는 '대형'
"나는 문학을 살았다"

배곯은 세 젊은이를 위해 농사에 쓸 씨감자를 기꺼이 내
어놓았던
　전쟁통 어느 농부처럼
　사람 중심의 사랑이 넘치는 공동체를 꿈꾸었다

외포리의 갈매기는 오늘도 아름다운 비상을 하는데

우리 소망은 어디서 날고 있나*

인사동 뒷골목 포도나무 그늘에서 마주친
말간 얼굴 청년처럼 형형한 눈빛
어둠 속에서 '시대와 인간'이 화두였던
노을의 기억을 뒤적인다

* 강민, 「외포리의 갈매기」.

만항재에서

박이정

나뭇잎이 제 빛을 잃는 건
자연의 호흡을 따름이다
초록이 사위는 시간의 강 건너
시월도 끝자락
나무의 직관이 먼저 도착한 잎에서
봄 여름 가을 내내 피운 그 어느 꽃보다 더 아름다운 단풍이
방긋 입 열다
미련 없이 온몸을 태우고 사라질
생의 절정 오늘은
자연의 뜻에 순응하여 나를 물들일 순간
우리 앞에 놓인 시대정신을
산천에 지천으로 알려야 하리
서 있는 나무를 자연의 직관이라 한다면
자연의 직관인 나무들처럼 하늘 뜻과 한 호흡으로 살아 숨 쉬는
우리는 나무들
거짓과 술수로 법을 농락하는 정치 모리배들을
사방 에워싸고
피 토하듯 나뭇잎 흩날리며
가을의 만항재
정의의 백두대간을 넘는다

제2부

추모시 **야 인마 캬**

야 인마 캬
― 강민 선생님을 추모하며

서정란

평안하시죠,
그곳은

이곳은 선생님이 그토록 원했던 평등 세상은
아직도 하늘나라만큼이나 멀어
불평등 불공정 부패 권력이 민중의 주인 노릇을 하고 있
습니다

길을 가다가도 술을 마시다가도
머리띠를 두르고 투쟁하는 민중을 볼 때도
문득 생각나는 선생님

사람은 차이는 있지만 차별을 해선 안 된다며
언제 어디서 누구든 넉넉히 품어주시던 천하 대인
그러나 불의에는 참는 것도 타협도 없는 강직한 성품으로
추운 겨울 불편한 몸을 끌고 하루도 빠짐없이 광화문광
장에서 촛불을 들던
불도장 불랙리스트!
건강이 최악일 때도 술잔에 물을 채워
캬! 하고 잔을 비우며 괜찮아, 괜찮아 주위의 걱정을 덜
어주던 대인

야 인마!
탄핵이 되니 날아갈 듯 좋았는데 이제는 갈 데가 없어,
하시던
가난과 병마와 외로움에 지쳐가던 노시인의 독백!
그 모습이 눈에 선해 가슴이 젖습니다

가난도 쌓이면 도가 되는지
한번도 내색 않고 청빈낙도인 양 즐기더니
저승 갈 여비는 필요했는지
죽음을 기다리던 호스피스 병동에서
문병 온 지인께 노잣돈 주고 가라고 웃기던 호걸 대인

나는 어디서 이런 어른을 다시 만날 수 있을까요
수시로 선생님이 기루어* 가만히 눈을 감으면
야 인마 캬! 하는 소리가 들릴 듯합니다

* 한용운 시 「군말」에서 차용.

지팡이
— 강민 시인 5주기 추념

국밥이라도 사 먹으며 언 몸이나 녹여 인마!

지팡이 앞세우고 광화문광장 천막으로 들어온
강민 선생님이 내민 하얀 봉투가 말했다
'촛불 광장 지킴이 후원금'
선생님의 오롯한 친필이 촛불보다 흰했다
어쩔 바 모르던 두 손이 공손히 받아안는 모습을 지켜본
천막이 한기를 몰아내고 온기를 불러들였다

잘못된 것을 야단치기 위하여
자네들이 이토록 애를 쓰는데
늙은이는 그저 애간장만 태우네
천막에는 내가 있을 테니
따듯한 데 가서 좀 쉬었다 와 인마!

세월을 왜 물속에 가두냐고
블랙리스트가 뭐냐고
바락바락 따지던 그해 겨울이었다

꺼질 듯하면서도 꺼지지 않은 촛불처럼
쓰러질 듯하면서도 쓰러지지 않은 천막처럼

꺼지지 말라고
쓰러지지 말라고
잘못된 것을 야단치는 자들의 지팡이가 되어준
강민 선생님, 선생님의 목소리가 그쪽 근황을 전한다

세월도 너희 부모도 나도 다들 평온해졌다
가는 데마다 내가 앞장설 테니
여기 오는 날까지 쉬엄쉬엄 살아 인마!

방귀

유　종

아내는 마트 노동자
고객 응대하다 방귀 마려워도
참다가 엘리베이터 안에서
소리 죽여 찔끔찔끔 뀐다는데
엘리베이터에 고객이라도 계시면
그냥 나와 또 참는다는데

그런 날은
퇴근하고 옷 갈아입을 때도
청소할 때도
저녁밥 먹을 때도
화장실에서도
이불 속에서도
하루치 방귀를
뽕
뽕
뽕
뽕
뽕

혹 마트에 장 보러 가서

엘리베이터에 방귀 냄새 같은 것이

밖으로 나가지 못하고

구석에서 조바심 내더라도

눈치 주지 마시기를

축문(祝文)을 지으려다 그만두고

윤제림

몇 말씀 올립니다, 그냥

남은 자가 앞서간 사람의 산소나
젯상 머리에서,
"당신이 바라던 세상이 왔습니다"
그렇게 말하지 못하고

음복이나 하고
허청허청 돌아오는 밤길의
답도 없는 바람결을
아시지요?

……그간에 학전도 없어지고, 대한극장도
문을 닫았습니다
아, 그건 당신의 막역지우 신경림 시인과
뒤따라간 김민기 씨한테
들으셨을 테지요

그럼 더 드릴 말씀이……
없습니다

내일 아침엔 바닷가에 나가
끊어진 방파제를 손보아야겠습니다.

무등을 거쳐

몸속 이곳저곳 암덩이를 서너 종류나 달고 계셨는데도 그 정도인 줄 선생님 자신도 전혀 아시지 못했던, 지난해 5월이었지. 서울 충무로 대한극장에서 5·18 특별행사가 열리게 됐지. '독립영화, 시(詩)봤다!'라는 행사명의 1, 2부 프로그램이었지. 1부는 광주의 '1호 광수'를 다룬 다큐멘터리 영화 〈김군〉 상영회였고, 2부는 「아아, 광주여 우리나라의 십자가여!」의 김준태 시인을 모시고 감독 관객 대담회였지. 그 행사에 꼭 오셔야 한다고 열흘도 더 전부터 선생님한테 열심히 설레발을 쳤지. 선생님이 양딸 양아들 삼으신 두 소설 쓰는 샘에게도 선생님 양옆에서 부축하고 와 주시라 별도의 부탁까지 해놨었고. 그렇게 세 분은 지정석으로 마련해드린 자리에서 정겹고도 진지하게 3시간짜리 행사를 끝까지 다 지켜보셨지. 다음 날, 뜻깊은 행사에 등 떠밀어줘서 고마웠다고 선생님이 손수 전화를 주셨지. 광주는, 5·18은, 여전히 진행 중이라고 수화기 너머 분노를 토하셨지. 그리고 그날 행사가 선생님에겐 살아생전 마지막 바깥나들이가 되셨지. 석 달 후 8월 어느 날, 결국 선생님은 눈을 감으셨지. 백두에 머리를 두고* 무등을 거쳐 한라에 다리를 뻗고* 눈을 감으셨지. 아버지라 아들이라 서로 부르며 그날 꼬옥 안아드렸던 선생님은, 아, 강

61

민 선생님은.

* 강민 시인(1933~2019)의 시선집 『백두에 머리를 두고』(2019)에 수록된 시 「꿈앓이」(2012)의 첫째 행과 둘째 행인 '백두에 머리를 두고/한라에 다리를 뻗고 눕는다'에서 가져옴.

삼도천 주막

부산 → 원산 → 베를린
2022년 08월 15일 12:00
615,000원 11,971km

동해북부선 연결되면
통일광복열차 타고
민족 시원 비단길
내달리고 싶어
유라시아 횡단열차
승차권 사났는데
저승열차표 됐단다

암 병동서 호스피스 병동으로 옮기며
강민 시인이 씨익 웃으면서 보여준 티켓

그동안 고마웠다 꽉 껴안으며
삼도천 가다 좋은 주막 있으면
술 한 상 차려놓겠단다

배고픈 자 술 고픈 자
아낌없이 베풀고

남은 건 달랑,
티켓 한 장
기약도 없는

그리고
삼도천 건너가면서도
잃지 않는 웃음
넉살과 여유

그거면 족하리
이번 생도 그렇고 다음 생도 그렇고
너도 그렇고 나도 그렇고.

안부를 묻습니다

이명옥

이승의 간이역을 떠나기 전
이별을 만남의 다리로 놓고
가신 이께
조용히 안부를 묻습니다
작별의 대화를 나누지 못하고
떠나보낸 아내와의 이별이
남은 평생 가슴에 한으로 남아
당신은 만나고 싶은 이들 모두 만나
웃으며 작별 인사를 나누고 싶다며
호스피스 병동에서 마지막 만남의 자리를
만드셨더랬지요.
눈물 바다를 이룬 것은 우리들이었고
"괜찮아 이 자식아"
라며 웃음을 보이신 이는 떠나갈 준비를 마치신
당신이셨고요.
천상에 계신 이께
이제 다시 한번 안부를 묻습니다.
오랫동안 그리던 아내 소국당 만나
못다 한 이야기 보따리 풀어놓으셨나요
제일 보고 싶은 사람이 '엄마'라고 하셨다던
당신의 어머니 만나 반갑게 '엄마!'라고 부르셨나요.

빈소를 찾아 커다란 소리로 울부짖던
백기완 선생 만나 막걸리 잔 부딪치며 반갑게 인사 나누
셨나요

아주 이따금 이승의 지기들인 서정란 맹문재 김승환 정
승재 유순예
장봉숙을 떠올리며 잘 있다고 안부 전하고 싶으신지요
안부 전하고 싶은 이들 끄트머리에
저 또한 자리하기를 바라며
이승의 간이역을 아직 서성이는 이들이
그리운 분께 마음으로 안부를 묻습니다.
그곳에선 편안하고 안온하신지요

무반주 첼로 모음곡 제6번 사라방드, 바흐
― 강민 시인

이수영

아가의 눈엔 분홍꽃 솜사탕
엄마의 눈엔 함박꽃 목화 송이
경중경중 진돗개 입안에서 스르르
녹아 달콤한 블랙베리 셔벗

눈이 내리네
저 들녘에도
그대의 회색빛 마음속에도
괜찮아요 괜찮아요, 위로의 말씀으로

평화의 전령
백설 이불 도탑게 덮고
총천연색 추억을 꿈꾸네
천 알의 밀알, 만 알의 밀알들

'인사동 아리랑'을 외쳐 부르던 시인

— 시인 강민 약전(略傳)

1.

본명이 '강성철(姜聲哲)'인 '강민(姜敏)'이라는 시인이 있었다. 1933년생이니 일초(一超) 고은 시인, 극작가 신봉승과 동갑내기였던 그는 한때 공군 파일럿을 꿈꾸다가 폐결핵으로 작파했고, 동국대 국문과를 다니다가 등록금이 없어 학업을 그만둔 그는 1962년『자유문학』현상문예에 시「노래」가 당선돼 한국문단에 이름자를 올린 후 천하의 김수영 고은 신동문 시인과 함께 〈현실〉 동인으로 활동했던 그는 1960년대 중반부터 출판계에 뛰어들어『주부생활』기자를 거쳐『학원』지의 편집부장과 편집국장으로 출판계의 맏형으로 낙양의 지가를 올리다가 금성출판사 편집국장과 상무이사로 어려운 문인들의 빈 호주머니를 소문 없이 두루두루 채워주면서 때론 송죽처럼 꼿꼿함을 견지했다. 강민 시인의 월급날이면 쌀가마니에 바구미가 끓듯 출판사 근처에 난다 긴다 하는 유명짜한 문인은 물론 허름한 시인 나부랭이들도 한잔 깊숙이 때려 마시고자 오로지 강민 국장님 퇴근 시간만을 손꼽아 기다렸다. 허나 그들을 만나면 싫다는 기색 한번 없이 허허허 웃어젖히며 지갑이 가벼워지든 말든 문인들의 술청 자리를 지키며 밤새도록 얼쑤 어얼쑤 신명을 쏟아내기 일쑤였다.

2.

　그러던 어느 날 나는 전설처럼 떠돌던 실존인물 '강민'
이란 시인을 처음 보았다. 2006년 무렵이었을까. 인사동의
사랑방으로 문화예술인들이 한사코 넘쳐나던 그곳은 처
음엔 〈가만히 좋아하는〉이었다가 훗날 〈시인〉으로 옥호를
바꾼 그 주점에서 김여옥 시인과 허구헌 날 대책 없이 술
을 캐던 그날, 강민 선생과 합석했다. 큰 키에 하얀 얼굴,
언뜻 보면 근엄해 보였지만 이야기를 나누다 보면 봄바람
처럼 살랑살랑 부드러웠다. 어느 날 인사동에서 강민 선생
은 어떤 사람들과 화창하게 웃고 있었고, 함께 술을 캐던
후생들의 표정은 한층 더 즐거워 보였다. 하여, 누구냐고
물으니 금성출판사 시절 부하 직원들이라고 귀띔하셨다.
신경림, 민영 시인과 너나들이하는 친구 사이였고, 민족깡
패 방배추와도 맞짱을 마다치 않던 분이던가. 1974년 11
월 18일 오전 10시경, 박정희 독재를 박차고 나와 서울 광
화문 네거리에서 〈자유실천문인협의회〉가 일떠섰을 때 금
성출판사 편집국장 '姜敏' 시인은 '자실 101인 선언' 가나
다순 서명자 명단에 첫 번째로 이름을 올린 문단의 어른이
셨다. 비록 등단 30년 만에 첫 시집을 펴냈지만 무수한 시
들을 가슴속 깊숙이 간직했을 뿐이고, 일국의 시인으로 폼
한번, 생색 한번 내지 않은 채 음으로 양으로 자실과 작가

회의 문인들에게 어제도, 오늘도 술을 샀고 내일도 지갑을 털어 술밥을 대접하는 걸 무척 즐겨하셨다.

3.

어느 날 그 하루가 무더웠던 날, 명박이가 설치던 시절이었다. 그즈음 인사동을 고자 처갓집 드나들던 나는 늦깎이 시인, 이행자 누님과 종종 어울렸고 그녀는 우리 선생님, 강민 선생님을 입에 달고 있었고, 그녀는 강민 선생과 공저로 펴낸 시집 『꽃, 파도, 세월』을 내게 안겨주었고, 그 시집을 독파하고자 서둘러 귀가했다. 그러다가 가끔 인사동 거리에서 또 선생을 오다가다 만나곤 했는데 그날은 무슨 까닭인지 얼굴이 붉으락푸르락했다. 왜 그러시냐고 조심스레 물으니, 방금 저쪽에서 소설 쓰는 황석영이를 만났는데 그가 내게 인사는커녕 날 처음 본 사람처럼 "아, 누구시더라" 했다면서, 젠장 이럴 수가 있나 하면서 이빨을 부득부득 가셨다. 그러고는 오랫동안 시집을 안 내니, 문단에서 사람 취급을 안 해줘! 거참, 억울해서 살겠소, 이승철 시인이 시집을 한 권 내달라고 조심스레 청하셨다. 하여 나는 우리 황구라 형님께서 일부러 그렇게 라디오를 틀었을 리가 하면서, 저만치 세월이 멀리 흘러가서 몰라봤을 수도 있겠죠, 신경림 선생님도 동국대 친구 아닙니까……

하니, 우리 경림이는 절대 날 무시하는 친구가 아니지 하면서 고개를 푸욱 숙이셨다. 이에 나는 선생이 좋아하는 복분자주를 넘치도록 따라드렸건만, 그날 강 선생님의 기분은 좀체 풀리지 않으셨다. 바로 이때다 싶어 '순국선열의 후손' 이행자 시인이 그래 승철 씨가 시집 내는 데 힘 좀 써봐 했다. 하여 어느 날 '푸른사상' 맹문재 주간을 만나 한 소절 읊어댔다. 강민 시인이라고 계시는데, '자실' 창립 회원으로 문단에서 그분한테 술 한 잔 얻어먹지 않은 사람이 없고, 넉넉한 품성의 원로이시니 우리가 시집을 한 권 펴내드리면 어떨까 하고 청하니, 맹 시인은 흔쾌한 표정으로 동의했다. 마침내 2014년 6월, '푸른사상 시선 42번'으로 『외포리의 갈매기』가 훨훨 지상 위로 날아올랐다. 인사동서 강민 시인의 새 시집 출판기념회가 열리던 날 선생은 새로 나온 당신의 시집을 요모조모 살펴보시더니 마치 이 세상을 다 가진 듯 흡족한 표정이셨다. 시집이 흔하게 넘쳐나던 시절에 강민 시인은 문단생활 반세기 동안 고작 시집 네 권을 펴낸 까닭은 다름 아니라 시집을 대하는 그 염결성 때문이었다.

4.

　문학평론가 구중서 선생은 강민 시인을 일컬어 "우리 시
대 마지막 휴머니스트이자 가장 인간적인 시인이다."고 평
하셨고, 2019년 2월, '창비'에서 『강민 시선집 ― 백두에
머리를 이고』가 출간될 때 문학평론가 염무웅 선생은 그
시선집의 발문에서 "천천히 걸어가되 목표를 잃지 않은 일
관성…… 이것이 바로 강민의 시세계를 멀리 바다로 나아
가는 강물처럼 만드는 원동력이다"고 말씀하셨다. 지극정
성으로 간호해주시던 이국자 사모님이 먼저 세상을 떠나
가시고 어느새 양평 집도 허공으로 날아가 버려 아들 집에
얹혀 산다고 말씀하면서도 선생은 끝내 당당함을 잃지 않
으셨다. 박근혜 탄핵 광화문 촛불집회 때 아픈 몸을 이끌
고 종종 찾아오셔서 한국작가회의 자유실천위원회 소속
문인들을 격려해주셨다. 선생께서는 진즉에 전립선암 판
정을 받아 투병했지만, 좀체 내색을 하지 않았기에 우리는
암 환자인 줄 전혀 모르고 있었다. 마지막에는 항암치료마
저 거부하고 호스피스 병동에서 자신에게 찾아온 병마를
친구처럼 거느리고 사셨다. 그리하여 지난 2019년 8월 22
일, 오전 1시 40분경 강민 시인은 향년 86세의 일기로 이
땅을 떠나가셨다. 하지만 꽃은 핏빛으로 피어난다던 시인
의 말씀은 여전하고, 선생이 소리 높여 외쳐 부르던 인사

동 아리랑을 지금 누가 부르고 있나. "백두에 머리를 두고 한라에 다리를 뻗고 누워 있지만 배꼽에 묻힌 지뢰와 허리를 옥죄는 유자철선(有刺鐵線)이 아프다"고 토로한 강민 시인이여. 그러므로 시작(詩作)의 종착지는 통일의 한길로 나아가야 하고 조선은 하나이며, 조국도 하나라는 선생의 그 말씀이 천둥처럼 강력하게 내 귓전에서 맴돌고 있구나.

오더가 떨어집니다

이영숙

오더는 즉흥적이지 않습니다
오더는 절차와 위계의 산물입니다
오더가 거인의 어깨에 올라앉아서도 교만하지 않은 것은
오더가 겸손하기 때문입니다, 동어반복적이기는 해도
오더의 숨결
오더의 기품
오더의 고독
오더를 의심하는 자를 우리는 의심합니다
오더는 개인기를 부리지 않고
오더는 자나 깨나 이타적입니다
오더의 심연으로 우리는 이끌리고
오더가 간혹 흘리는 실수는 귀엽기만 해서 웃을 일 없는
우리는 모처럼 빵 터집니다
오더의 향기를 화학방정식으로 표기할 수 있을까요?
오더의 불면을 인문학적으로 분석할 수 있을까요?
오더의 쾌변이 우리의 장에 미치는 영향은
오더의 불쾌가 우리의 생에 미치는 영향을 반증합니다
명분을 전면에, 명령을 이면에 배치한 채
오더는 우리가 우리를 누군지 모를 때 집행하고
오더는 우리를 우리가 누군지 알 때 주시합니다

오직 안타까운 게 있다면

'최저 임금 인상은 범죄'와 같은 경구의 심오한 내면을

독해하지 못하는 우리의 무지라고나 할까요

바람이 사는 법

이인성

지름길이 아니라 한참을 돌아가는 길을 가리라.
가다가 세월과 닮은 바람도 만나고,
바람에 흔들리는 나뭇잎들의 이야기도 들어보리라.
길을 가다가 혹여 인연을 놓친다 해도
그 인연 이 땅 어디에서 잘 살고 있을 터이다.
기약이 늦어 그냥 빈손으로 온다 해도
그것은 애초부터 내 것이 아니었던 것이라.
빠른 길보다 돌아서 가는 길이 느긋해서 좋다.
누가 길을 물어 오면 돌아 가는 길을 알려주리라.
급할 것 없고 애태울 것 없다.
그냥 불어가는 가을바람이 되리라.

그곳에서 행복하셔요

— 강민 선배님을 기리며

이혜선

그날 분당 서울대병원 문병 갔을 때
나 저승 가는 차비 주러 왔느냐고
농담 건네며 웃던 홀쭉한 볼
차마 사진에 담지 못하고
휠체어 위에 늘어진 이불자락만 마음 카메라에 담았
지요
지금도 바스락 만져지는 이불 아래 마른 뼈마디

통일되면
부산에서 출발하여 원산을 거쳐가는 한반도 종단철도와
이어지는 유라시아 횡단철도로 베를린까지 가고 싶어서
미리 샀다고 품에서 꺼내 보여주던 61만 5천 원짜리 기
차표
이 기차를 끝내 못 타고 떠나게 되었다고
쓸쓸히 웃으시던,

선배님
폭염기 혹한기에 인동회 한 달만 쉬자고 전화드리면
그러다가 인동회 없어진다고 목소리 높이시던,
그 누구보다 후배를 사랑하고 모교를 사랑하고
그보다 더 '사람'을 사랑하고 '정의'를 귀히 여기고

무엇이든 챙겨주려 애쓰시던,
〈무수막〉 시절부터 포도나무집까지 소문난 선배님

그 넉넉한 웃음소리 듣지 못하지만
이제는 저희를 모두 잊어도 섭섭해하지 않을게요
핸드폰 바탕화면에서 끝까지 함께 웃던 이국자 선배님
만나고
서로 '깡패'라고 놀리며 즐거운 분위기 이끄시던 황명
선배님도 만나고
그리운 친구들과 함께
그곳에서 좋은 시 쓰면서 행복하셔요
아픔일랑 모두 강물에 띄워보내고
걱정 없는 하늘나라에서 영원한 행복 누리셔요!

제3부

추모시 거기 노시인이 있었네

거기 노시인이 있었네

장우원

과거가 되었네
거기 있던
거기 있었던

그러나 그가 내딛던 지팡이
기둥처럼 광장에 굳건하네

철책을 뚫고 대륙을 지나
아시아를 넘어
지구 평화를 염원하네

백두를 머리에 이고* 지냈던 세월
그 무게 이제 다 벗고
어느 은하수 물이 되어 하나로 흐르네*

흘러서 이렇게 또
우리를 적시네

노시인이 있었던 그 자리
이제 우리가 다시 서 있네

* 강민의 시집 『백두를 머리에 두고』와 『물은 하나 되어 흐르네』 변용.

철들지 말자

정승재

철들지 말자 하셨지
강민 선생님
술잔을 기울이며
철들지 말자 하셨지

늙은 후배에게 받은
한 달 용돈
광화문 촛불 물결
배고프다 하시며 봉투를
젊은 후배 주머니에
꾸겨 넣어주셨지

철들지 말자 하셨지
정의의 강철 깃발 치켜들고
이렇게 말하셨지
철들지 말자

철들지 말자
민주주의 나라는
철들지 않은 자들의 고향
철들지 않아야

행복하다 하셨지

철들지 말자
철들지 말자
하셨지
강철 깃발 치켜들고
철들지 말자 하셨지

귀천(貴天)이시니 귀천(歸天)하소서!
─ 강민 선생님 귀천을 배웅하며

정원도

임종을 기다리는 숨결이 신호를 보내오던
샘 호스피스 병원, 인내 3호실로 문병 가면서
마지막 하직인사일 거라는 불길한 예감이
바늘처럼 심장을 찔러댔지요

하루살이조차 참 길고 팍팍한 생이라고 우길 때
사람의 시간으로는 단 하루이듯이
조금만 더 길었으면 하는 아쉬운 뒤안길조차
그것도 길다고 견디지 못하는 생들이 몸을 던져도
우주의 시간으로는 단 하루도 되지 못하는 것을

시간의 개념도 없이 피어나는 우주인 것이
사람의 시간으로는 190억 년이라니
울타리 없는 꽃들도 피어날 때는 끝없을 듯하다가도
질 때는 순식간에 먼 별이 되듯이

떠나오신 귀천 길은 잘 찾아가고 계신지요?
꽃이듯 흐드러지게 피고 지는 은하 언저리 태양계 너머
황홀한 우주의 사진을 보여드리던 찰나!
물 한 모금 삼키지 못하시는 병상을 뒤로하고
우리가 날마다 머물러도 낯설기만 한 거처로

어서 돌아가라! 힘없는 손짓으로
작별을 재촉하시더니

벌써 많이도 떠나셨군요!
돌아가 환히 웃으시는군요!
광활한 우주 어디메서 다시 만날 때까지
그립다 보면 그리운 목숨끼리는 꼭 다시 만나리라
가신 발뒤꿈치 따라가며 그리워하겠습니다!

맑은 눈의 노시인
— 강민 선생님을 추모하며

조미희

가을의 청청한 햇살 같은 은발의 시인이 계셨지
광화문 광장의 "이게 나라냐" 외치는 시민들 속에
나라가 올바르길 바라는
곧고 정한 눈동자의 시인이 계셨지
무리 져 끼룩거리는 갈매기*같이
어깨에 어깨를 부여잡고 희망을 이야기하던 그곳
맑은 눈의 노시인이 계셨지

경안리 주막에서 하룻밤을 함께 묵던 그 소년처럼
절체절명의 순간을 나누지는 못했지만
그날 시인은 큰 품으로 후배들을 품었었지
함께했던 아름다운 비상,

다시 10월이 오고 광화문의 촛불은 아직도
더디게 희망을 노래하네

노시인이 노래하네
인생의 간이역은
화려하면서도 소박한
꽃밭이었다고**

꽃이 진다고 다시 꽃이 오지 않겠는가
노시인의 염원은 계절을 넘어 계속 돌아오리

* 강민 시인의 시, 「외포리의 갈매기」에서 가져옴.
** 강민 시인의 시, 「이승의 간이역」에서 가져옴.

눈물을 닦아주는 손수건

조정애

희망의 종각역을 찾아서
광화문 광장에 안착하면
수많은 깃발 사이에
작가회의 깃발이 펄럭이고 있었습니다

행군의 대열 속에서
모자를 눌러쓴 강민 시인의 모습은
플래카드에 걸린 구호처럼
언제나 눈물을 닦아주는 손수건이셨습니다

수많은 촛불집회마다
한국 현대사의 질곡(桎梏)를 넘고 넘어
행동하는 양심에 앞장서서
선생님은 후배들을 이끌어주셨습니다

양평 동오리에
목련도 포도나무도 남겨두고
먼저 떠나신 소설가 아내를 그리워하며
커피향이 감도는 빈자리에 앉아서
선생님은 쓸쓸하고 외로운 삶을 이겨내셨습니다

호스피스 병동

이승의 마지막 자리에서

맑은 정신으로 우리에게 남겨주신

통일정신과 민족사랑을 이어받사오니

천국에서 영생복락 누리시길 기원합니다.

그 노인이 궁금하다

채상근

산책길을 지팡이를 짚으며 불편한 다리로
걷고 있는 팔십 중반의 노인을 마주칠 때마다
이런저런 생각에 빠져드는 나는 궁금하다

일제강점기를 어떻게 지내오신 어르신일까
사일구혁명 시기엔 무슨 일을 겪으셨을까
군부독재 유신 시대엔 정의로운 청년이셨을까
반독재 지하운동을 하다 수배되어 잡혀
고문을 당해서 지금도 다리가 불편하신 것일까
계엄령과 광주 오일팔을 어떻게 생각하실까

팔칠년 유월 민주항쟁과 촛불혁명
남북 사이칠 판문점 선언이 있던 날
가슴으로 뜨거운 눈물을 흘려보신 분일까
후배들에게 인간적인 선배로 기억되는 분일까
평생 처자식만 생각하며 살아오신 분일까
또 자식들에겐 어떤 아버지였을까

나는 오늘, 저 어르신 나이가 되어
산책길을 걷고 있을 노년의 내 뒷모습을 상상하며
내가 살아온 그 시절 그 생각들이 궁금하다

따스한 적막

최금녀

시는 희망이라고
구름과 햇볕과 강물은 영원하라고
그분 동오리 사셨다

동오리 물안개 모아
시가 아픈 시인들
출판기념회도 열어주셨다

너무 일찍
이국자 선생님을 묻어드리고
신봉승 선생님을 배웅하시더니
다 이루셨음인가
나라사랑 표어도 내리시고
천상병 시인을
신봉승 작가를 만나러 가셨다

수첩에 적어놓으시고
내보이지 않으셨던 따스한 적막

구룡포에 과메기가 돌아와도
뵐 수 없는 선생님의 눈망울

어느 미로에서* 다시 만날 수 있을까.

강민 선생님과
이국자 선생님의 명복을 비오며.

그는 웃었다

— 강민 선생을 추모하며

함동수

물처럼 잔잔하였다

평소 물에 젖은 휴지처럼 무거운 몸을 이끌고
모임이나 시위에 나가지만 사실은
무서운 암 투병을 하면서도 내색이 없었고
급격히 저하되는 때에는 출입을 끊고 누웠다

이미, 끝을 알고 있었다

끝까지 주제는 전쟁과 민주화였다
촛불집회 때마다 거르지 않고 참석한 이유도
마지막인 걸 알고 열나게 참여하였다

그는 웃었다

서울대 병원을 거쳐 호스피스 병원에 입원했을 때
마지막 문병을 가서 '얼른 회복하셔야지요'라는 인사에
장난처럼 피식 웃었다

그는 이미
끝을 알고 있는 듯

담담하게 미소 지으며
물처럼 조용히 잠기고 있었다

희망

솔부엉이는 산으로 가고

산양은 울타리 넘어 들판으로 가고

우리는 산으로, 들판으로 못 가고

양심을 들고 광장으로 간다.

나의 기도는

나도 한때는 동학군처럼 사람이 하늘이라고 핏대를 세운 적이 있었다

나도 한때는 주먹 대신 합장하며 사람이 하늘이게 해달라고 기원할 때가 있었다

짖지 않는 개는 개가 아니라고 최루탄을 마시면서 악을 쓸 때도 있었다

그런데, 이만큼 살다 보니 그동안 헛살았는지

사람이 결코 하늘이 아니라는 사실

사람이 하늘이 될 수 없고 하늘 또한 사람일 수 없다는 사실

앞에, 오늘도 십자가를 향해 무릎을 꿇고 하소연하는

나의 기도는 비린내다

나의 기도는 사막이다

나의 기도는 가시나무다

고사행실록(高士行實錄)

칼바람
매서울 때는
외투 벗어
바람 막아주었지요

누군가
해야 한다면
기꺼이
누구이고자 했지요

별들을
빛내주려고
스스로는
밤하늘이 되었지요

모두를
위해서라면
가장 먼저
모두를 내놓았지요

난꽃 한 떨기
— 강민 시인 일주기에

홍신선

저, 저, 저 꽃, 괄약근이 망가졌나.
일경삼화(一莖三花) 난꽃이
말라가며 몰락하는
화판 뒤에다
필생의 담론들인 듯 물방울을 차마 매달고 섰다.
다만 꼭꼭 벌린 입 다물어 다시 피기 전
꽃봉오리로 회향하려는 듯
한치 일점도 흐트러짐 없는
저 장관(壯觀).

억지와 헛소리로 뒤얽힌 이 혼돈의 시대에
강민 선배님,
시종이 일관했던 당신의 인품을
오늘 저리 보겠습니다.

제4부

추모 산문 　그리운 선생님

그리운 선생님

김영은

지금도 떠올리면 소년같이 해맑은 모습이다.

선생님과의 인연은 1993년 윤동주문학상을 받으며 시작되었다. 선생님은 대상을 받으셨고 나는 우수상을 받았다. 여럿이 모인 자리에서 우린 동창생이라고 늘 말씀하시곤 했는데 의아한 문인들을 위해서 나는 자세한 설명을 해야 했다. 언감생심 동창생이라니……

어느 모임에서였다. 내가 안으로 들어가지 못하고 쭈뼛거리고 있는데 마침 부인이신 소설가 이국자 선생님과 마주쳤다. 화장실을 가려고 나오시다 강민 선생님 계시니 들어가라고 하셨지만, 나는 이국자 선생님이 돌아오실 때까지 기다렸다. 너무 어려워서 혼자 강민 선생님을 마주할 용기가 나지 않았다. 그때만 해도 내게는 하늘같이 높은 분이셨다.

이후 양평에 사시면서 동오회란 모임을 만드시고 「동오리 통신」이라는 연작시를 발표하시기도 했다. 양평을 떠나 용인 아드님 댁으로 들어가시면서 후배 시인들과 자칭

오공주란 이름으로 만나던 우리들은 우연히 선생님을 모시게 됐다. 이후 유금호 선생님 집필실을 아지트로 한 달에 한 번 만나는 모임이 자연스레 생겼다. 선생님은 가벼운 가방 하나 둘러메고 야구모자를 쓰신 청년의 모습으로 우리를 반기셨다. 웬일인지 점점 주름살도 없이 팽팽한 동안(童顔)으로 우리를 놀라게 하셨는데 회춘하신다고 우리가 놀리면 전립선 치료제 때문이라고 멋쩍어하셨다. 글쎄, 약보다는 낙천적이고 후배들을 사랑하시는 넉넉한 마음씨 때문 아니었을까.

어느 날부터인지 점점 기력이 떨어지시고 드시는 것도 줄어들며 우리를 걱정하게 하시더니 끝내 슬픈 소식이 들려왔다.

강민 선생님이 돌아가시고 몇 년 후 유금호 선생님마저 갑자기 돌아가시고 우리는 만나는 구심점을 잃고 뿔뿔이 흩어졌다.

도리뱅뱅이가 드시고 싶다고 해서 동국대 후배들과 갔던 변두리 어느 음식점. 영흥도 섬으로의 여행. 홍어삼합을 즐기시던 전주집. 유금호 선생님 집필실에서 커피와 함께 나누었던 시간들.

무엇 하나 소중하지 않으랴.

선생님, 그립습니다.

강민의 사랑법

강민 선배께서 느닷없이 나를 그 자리로 부르신 것은, 37년 전의 어느 봄날이었다. 내가 일하는 회사의 자리로 전화를 주신 것이다.

"오늘 점심시간에 좀 나와라! 인사동 '이모집'이야……"

이런 지시였다. 선배님은 내게 늘 이런 방식을 써왔다. 나는 아주 특별한 사정이 없는 한 말씀에 응해왔다. 대학의 반 30년쯤의 선배이기 때문만이 아니었다. 60년대부터 지난한 세월을 건너오는 동안, 동문들뿐 아니라 문우 '동지'들까지 챙겨온 노고에 대한, 나의 작은 반응이었던 것 같다.

나는 시간에 맞춰서 나간다고 그 자리에 12시 전에 나갔다. 그런데 내가 가장 늦게 온 사람이었다. 이모집의 그 작은 방에는, 벌써 이근삼, 최재복, 강민, 신경림, 윤형두, 박정희, 김문수, 천성우…… 등, 매우 큰 사람들이 식사상을 가운데 두고 앉아 있었다. 나는 괜히 죄송하다는 인사를 한 뒤에, 가만히 구석자리로 가서 앉았다.

103

'J대나 K대는 동문 문학회에서 상을 제정하여 운영하는데, 우리 D대 문학회는 그동안 뭘 하고 있었는지……? 잘 못이다. 우리도 상을 제정하여 올해부터 운영했으면 한다'. 듣자 하니 강민 선배가 이런 말씀을 하고 있었다.

하지만 누구도 반응을 보이지 않고 있었다. 나는 그저 두 눈만 껌벅거리면서 선배께서 나를 부른 이유를 헤아리려 했다.

"그런 것이 왜 필요한가? 그런 대학 문인회들은 뭔가 필요해서 그렇게 하고 있겠지만, 우리한테는 뭐 그럴 것 같은데……."

답답했던지 신경림 선배가 시큰둥한 반응을 보였다.

"그래요. 그런 상이 왜 필요한가……?"

이번에는 김문수 선배도 반응했다. 역시 태도가 그랬다. 이때 강민 선배는 이근삼 선배님 얼굴을 살피는 것 같았다. 그리고 반응을 보인 두 선배들을 돌아보았다.

"니놈들만 이름나고 잘 쓰고 산다면 다 되는 거야? 후배들이 있어야 선배들도 있는 것이란 말도 몰라? 후배들을 왜 생각할 줄 모르냐고……. 후배들이 니놈들만큼 될 수 있도록 용기를 줘야지이……."

강민 선배의 말소리는 부드러웠지만 말속에 쇠심을 박은 것처럼 강했다. 나는 속으로, 자신의 몇 년 후배니까 김문수 선배한테는 저래도 되겠지만, 동기인 신경림 선배한테는 좀 심한 거 아닌가 했다. 하지만 나중에 알고 보니, 세 사람 사이를 잘 모르는 풋내기의 기우였다.

"그럼 문학상 제정은 결정됐고……, 제1회는 신경림이

받아라!"

"뭐야? 그게 무슨 말이야!"

강민 선배의 일방적인 말에 당사자는, 그게 무슨 엉뚱한 생각이냐는 반응이었다.

"무슨 말은……? 니가 먼저 받아야지 누가 받냐? 설마 이근삼 선생님께 받으시라는 뜻은 아니겠지?"

나는 이게 무슨 말인가 했다. 이근삼 선배님을 '선생님'이라고 호칭하는 것이 어색했던 것이다. 나중에야 알았지만 강민, 신경림 선배는 이근삼 선배님의 제자가 분명했다. 대학을 갓 졸업한 이근삼 선배님이 모교에서 한동안 강의를 하셨던 것이다.

그리고 강민과 신경림, 두 선배들은 학생 시절부터 도타운 우정을 이때껏 쌓아온 사이라서 그만큼 막역했고, 김문수 선배는 둘의 친동생 격으로 지내온 사이이기도 했다.

그렇게 '동국문학상' 제도가 결의됐고, 또한 제1회 수상 대상자를 벌써 결정한 자리였다.

"모두들 상금 마련 걱정을 하시는 것 같은데, 어떻게든 내가 고생해봐야지요. 상의 위상이 있는데 상금을 많이 줘야 하겠죠. 사실 오늘 이 자리에 이상문을 부른 이유가 있어요……. 요즘 우리 주위에서 소설에 이상문, 동화에 정채봉이가 아주 잘 나가지!"

이때 갑자기 내 이름이 나왔다.

"그래! 맞아. 우리가 따로 축하도 못 해줬는데……."

이근삼 선배님이었다. 강민 선배가 말을 받았다.

"두 사람 이름이 알려지고 얼굴도 알려졌으니, 내가 총무로 쓸 겁니다. 그래서 상금 수금을 하는 심부름을 시킬 예정입니다. 돈 내는 사람들도 유명한 후배들을 만나면 좋아들 할 것입니다."

나는 이거 야단났구나! 했다. 하지만 어쩝니까. 말씀대로 따르는 수밖에……. 그로 인해 정채봉도 애를 썼을 것이다.

여기에 강민, 신경림 두 선배들 사이의 일화 하나를 소개한다. 어느 해 여름이 끝나갈 무렵이었는데, 그날은 인사동의 '여자만'에서 모두들 만났다.

여름철 보양식으로는 민어탕이 최고라는 말끝에, 그런데 괜히 비싸고 비린내가 심하다는 불평이 누구의 입에선가 나왔을 때다.

"그래서 옛날부터 민어를 동네 추렴으로 먹었어. 그때는 생선 비린내도 모처럼 즐기면 호사가 되던 시절이었거든. 민어를 한자로 백성 민(民) 자에 고기 어(漁) 자를 쓰잖아……."

"야! 강민, 민어에 백성 민 자가 맞아?"

뜻밖에 신경림 선배가 묻고 나섰다.

"그래. 맞아."

"정말 맞아? '백성 민' 자가?"

"그래, 맞아! 그런데 어떻게 그것도 모르는 너 같은 자가 민중시인이란 말이야? 민중시인이 그것도 몰라?"

강민 선배가 '민중시인'이란 말을 들어서 하는 놀림이었다. 자리의 모두가 폭소를 터트렸다. 둘의 사랑법이었다. 그러니까 신경림 선배도 벌써부터 아는 것을 새삼 모른 척

할 수 있었던 것 같다.

신경림 선배는 지방에서 서울로 와 있으면서, 영문과와 국문과로 서로 다르고, 나이도 두 살쯤 위인 강민 선배 집을 자주 들락였다고 했다.

"내가 강민이 뭐가 좋다고 집을 들락였겠냐? 어머니께서 끼니에 고봉밥을 차려주시는데 어떻게 해……. 싫어도 찾아가야지……."

사실 강민 선배는 국토방위군에서 생환했고, 공군사관학교에서도 돌아와서, 결국 시작을 찾아서 대학의 국문과로 온 사람이었다.

대인 강민 선배가 갈수록 더욱 그립다. 생각하면 속이 아리다.

큰형님, 그립습니다

선배님, 생로병사의 고통도, 인간 사이 갈등도 없어 행복하다는 하늘나라에서 잘 지내시는지요? 선배님께서 훠이훠이 천상으로 날아오르신 지 다섯 해가 지났습니다. 오늘 추모 글을 쓰면서 그리움 때문에 창밖으로 하늘을 우러러보았습니다. 제가 인생의 사표(師表)처럼 여기던 선배님께서 떠나신 뒤 저는 하릴없이 살아왔고 선배님이 주신 깨우침을 절반도 따라가지 못하고 있어서 슬펐습니다.

제가 14년 아래이지만 선배님과의 인연은 길었습니다. 50년 전 제가 학부생이던 시절, 퇴계로의 국문과 단골 술집 홍탁집과 아줌마집에 홀연히 나타나서서 격려와 함께 술값 내주신 일부터 50년대 60년대 학번 모임 인동회, 그리고 돌아가신 날까지 이어졌습니다. "문학은 우리가 최고다" 하시며 늘 격려하고 이끌어주셨기 때문에 후배들은 선배님을 큰형님 같은 두목으로 여겼습니다. 재학생들 창작교실 MT에 가자고 하면 가고, 동국문학인회 회장 맡으라하면 군소리 안 하고 맡았습니다. 선배님 말씀은 꼭 그래야 하는 것처럼 여겼습니다.

저는 인동회에 들어가서 선배님을 비롯해 여러 선배님으로부터 깊은 사랑을 받았습니다. 문인으로서 혹은 한 인간으로 생의 후반기를 어떻게 하면 슬기롭게 보낼 수 있는가, 그걸 얻었습니다.

선배님이 생애 마지막 날들을 보낼 무렵 보여주신 대륙횡단 기차표를 생각하면 가슴이 먹먹해집니다. 분당의 호스피스 병원, 선배님은 30년 전쯤 제가 북방 여행에 빠져 바쁘게 살 때, "선후배들 같이 한번 가게 앞장서라." 하신 일, 그게 성사 안 된 걸 아쉬워하며 기차표를 하나 꺼내셨지요.

"저승 가는 기차표를 구했지 뭐야. 이거 타고 이국자한테 가야지."

생사를 달관한 담담한 빛으로 껄껄 웃으셨지요. 부인 이국자 여사님은 국문과 선배이시면서 제 큰누님처럼 따뜻한 분이라 선배님 안 계실 때 '누님'이라고 부르기도 했지요. 기차표는 서울을 떠나 북한을 지나고 러시아 대륙을 관통해 파리인가까지 가는 것, 아마도 남북 화해를 갈망하는 진보 진영 예술인들이 실물처럼 만든 것이었지요.

"저도 곧 그 기차표 사서 따라가겠습니다." 저는 슬프게 말씀드렸지요.

선배님 떠나신 뒤 윤형두·신경림 두 선배님도 가시고, 저도 망팔십(望八十)에 이르렀으니 곧 가겠지요. 그러면 이국자 선배님과 함께 따뜻이 맞아 술 한잔 주시겠지요. 그때까지 편안히 계십시오.

아, 강민 선생님

이은정

선생님은 사랑이시다. 정의와 의리. 그리고 실천. 정직 늘 약자 편에 서 계셨고 '체'하는 걸 아예 모르셨던 것처럼 겸손과 사랑을 실천하신 나이 든 청년이셨다. 열정이 넘 치셨으며 불의를 못 보고 그래서 늘 독재에 맞서는 광화문 광장에 혈기 넘치는 젊은이들과 함께 계셨던 선생님. 젊은 그들의 외롭고 두려운 마음을 노구의 깊고 뜨거운 마음을 보태어 응원을 아끼지 않으셨다.

집회가 있으면 매일 광장으로 나가셔서 나라사랑에 피 끓는 민주화운동에 참여하셔서 '잘한다' '힘내라' 하시면 서 응원을 아끼지 않으신 참 나라사랑을 하신 키다리 선생 님.

그래서 그 젊은 피들도 덜 외롭고 용기를 얻어 민주화를 이루는 데 죽음도 두려워하지 않았을 것이라 믿어진다.

아! 선생님. 그 사랑과 따뜻한 마음으로 지켜주신 이 나 라의 민주화는 그만큼 성장해 나가는 중입니다. 그래서 가 슴 뜨겁게 감사 드립니다.

지금 계신 그곳에는 평화와 사랑만 있을 것이라 믿습니다.

우리는 그곳에서 언젠가는 반갑게 손잡고 사랑의 해후를 꿈꿔봅니다.

사랑합니다. 선생님……!!

제5부

강민 대표시 읽기

꿈앓이

백두에 머리를 두고
한라에 다리를 뻗고 눕는다
강산은 여전히 아름답고
바람은 싱그러운데
배꼽에 묻힌 지뢰와
허리를 옥죄는 유자철선(有刺鐵線)이 아프다
하초에서 흐르는 물 흐름이 운다
여전히 편치 않은 지리의 눈물을 받아
섬진의 노을은 오늘도 핏빛이다

밤마다 선잠 뒤척이며
아프고 뿌연 안개 낀 머리를 흔든다
정강이가 가렵다
피가 나도록 긁어도 시원치 않고
차츰 온몸으로 번진다
허리에서 막힌 혈류 때문인가

이윽고 아침은 밝지만
내 무거운 머리는 행방을 찾지 못하고
오름에서 일어선
가려운 다리는 해협도 건너지 못한다

아, 저 길
아득히 먼 고구려의 꿈
멀고 먼 백두로의 그리움
머리는 여전히 아프고 아프구나

아, 내일은 풀리려나, 저 철선으로 막힌 혈류!

외포리의 갈매기

〈한 무리 꽃잎처럼
 갈매기 무리져 날고 있다
 아름다운 비상이다
 싱싱한 자유다
 소망이다〉

어젯밤 그들은 어느 꿈에 머물다
아픈 추억 물고
여기 외포리 바다 위를 날고 있는가

북녘의 바다에서 남녘의 하늘로
남녘의 바다에서 북녘의 하늘로
내 겨레 뜨거운 가슴은 여전히 먼데

무리져 끼득이는 자유의 갈매기
우리 소망은 어디서 날고 있나
가고파도 못 가네
그리워도 못 만나네
아, 우리 사랑
누가 이 땅을 둘로 갈라놓았나

인사동 아리랑 7
― 유목민 이야기

날이 저문다

해가 저문다

골목길의 모습이

기우는 낙일(落日)에 젖어 낯설다

갑자기 붐비는 인파, 시끄러운 소음이 멎고

홀로 그 길을 가고 있다

이 황무지, 사막의 유목민들은 모두 어디 갔나

갈증을 풀던 그늘, 오아시스는 또 어디 갔나

문득 거기 찻집 〈귀천〉이 보인다

혀 짧은 소리로 부르던 천상병,

그의 부인 목순옥,

허름한 옷차림에 허름한 바랑 짊어진 민병산 선생,

4·19의 뛰어난 시인이며 그의 절친한 친구 신동문,

삐딱한 헌팅모, 멋진 홈스팡 영국풍 신사 차림의

방송작가 박이엽,

그이들이 거기 앉아 있다

움직임이 없다

슬프다

정물화된 골목을 벗어나

큰길로 나서는데

쭈그러진 모자에 카메라를 든 유목민 한 사람을 만났다

그 옆에 개량한복의 예쁜 사진작가가 웃고 있다

이 삭막한 인사동의 길잡이 부부

막힌 가슴이 뚫린다

소음이 들리고

정물화된 풍경이 움직인다

다시 한세월은 가고

나는 또 그리운 이들을 찾아 이 거리를 헤맬 것이다

비망록에서 1

— 4 · 19혁명 점묘

요란한 불자동차 소리 나더니
깃발, 옷가지, 손수건 따위를 흔들며 소리치는
신문팔이, 구두닦이, 막노동자, 노점상, 지게꾼 같은
누추한 몰골의 젊은이들을
뒤칸에 잔뜩 태운 소방차가 와 멎었다
많은 인파가 몰려 있는 을지로 입구 내무부 청사 앞
1960년 4월 20일
온 장안이 데모대의 함성으로 뒤덮이고
사방에선 총성이 울리고
신문사가 불타는 등, 거리는 질서가 무너지고
영구 집권을 꿈꾸는 불의와 부정의 무리들
물러가라 소리치며
폭압으로부터의 해방과
3 · 15 부정선거의 무효화를 요구하는
데모대의 함성이 요동치고 있었다

시내 곳곳에서 함성이 일고
저녁 어스름이 깔린 거리에서
나는 비겁한 방관자였다

내무부 청사 정면에는 기관총인 듯한

무기가 이쪽을 향하고 있었다
민중의 자유를 억압하는 '자유당'
그 망령의 방패가 단말마를 맞아 곧 불을 뿜을 듯
이쪽을 향하고 있었다
"모두들 내리시오. 저놈들을 깔아뭉개겠소"
운전석에 앉은 시커먼 얼굴의
이미 사상(死相)을 띤 젊은이가 외쳤다
놀란 사람들은 우르르 뛰어내렸다
순간 청사 쪽에서 총성이 울리고
비명 소리가 나고 몇 사람이 쓰러졌다
부르릉 시동을 건 소방차가
그 정면으로 돌입했다
'쾅!'
총소리가 멎고, 누구랄 것도 없이
와! 박수가 터지고
"만세! 만세!"를 불렀다

　그때 학생들이 앞장선 4 · 19의 혁명은
　어쩌면 이렇게 소위 양아치들, 밑바닥 민초들의 가담으
로 승리했는지도 모른다

동오리 34
— 무명화(無名花)

저무는 전철역 출구를 나온다

거기 가난한 꽃장수 있었다

이름 모를 꽃들이 작은 화분에서 웃고 있다

하늘의 소국당(小菊堂)이 보면 좋아할 듯한

보랏빛 꽃이 핀 화분을 골라

거금 이천오백 원을 지불하고 산다

들고 와 그이의 영정 앞에 놓으니

썩 잘 어울린다

국화 중에서도 작은 들국화가 좋아

당호도 소국당인 그이

그이 영정 앞에서

가련한 국화 닮은 무명화(無名花)가 예쁘다

영정 속의 젊은 그이가 웃고 있다

영정 밖에서 백발의 내가 웃고 운다

이름 짓기

첫아들을 얻었을 때
그 이름을 일구(一求)라 지었다
오로지 뜻을 세워
정의로운 길 선한 길
그 한길과 큰 것을 구하라는 의미였다
둘째 아들을 낳았을 때
그 이름을 민구(民求)라 지었다
꺼져가는 이 땅의 민주주의를 구하고
민중 곁으로 가라는 내 욕심
염원을 담았다
첫 조카를 보았을 때
그 이름을 중구(衆求)라 지었다
이름 그대로 민중
그들과 멀어지지 말고 찾으라는
간절한 기도였다
셋을 합하여 일민중(一民衆)
오로지 민주의 불씨 되찾고
큰 무리 민중의 힘 보였으면 하는
70년대의 내 소망이었다

경안리에서

"이놈의 전쟁 언제나 끝나지. 빨리 끝나야 고향엘 갈 텐
데……"
때와 땀에 절어 새까만 감발을 풀며 그는 말했다
부풀어 터진 그의 발바닥이 찢어진 이 강산의 슬픔을
말해주고 있었다
지치고 더럽게 얼룩진 그의 몸에선
어쩌면 그의 두고 온 고향 같은 냄새가 났다
1950년 8월의 경안리 주막
희미한 등잔불 밑에서 우리는 같은 또래끼리의
하염없는 애기를 나누었다
적의(敵意)는 없었다
같은 말을 쓸 수 있다는 행복감마저 있었다
고급 중학교에 다니다 강제로 끌려 나와 여기까지 왔다
는 그
그에게 나는 또 철없이 말했었다
"북이 쳐 내려오니 남으로 달아나는 길"이라고
적의는 없었다
우리는 서로 쳐다보며 피식 웃었다
굶주리고 지친 사람들은 모두 잠이 들고, 우리만
하염없는 애기로 밤을 밝혔다
그리고 새벽에 그는 떠났다

"우리 죽지 말자"며 내밀던 그의 손

온기는 내 손아귀에 남아 있는데

그는 가고 없었다

냄새나고 지치고 더럽던 그의 몸과는 달리

새벽별처럼 총총하던 그의 눈길

1950년 8월 경안리

새벽의 주막 사립문가에서 나는 외로웠다

명동, 추억을 걷는다

2007년 3월 29일, 오전 11시 40분경
약속 시간이 남아
내 추억의 앨범에는 없는
낯선 명동을 걷는다
2, 30대의 우리가 거의 날마다 들러
헤매던 거리와는 완전히 달라진
화려하게 분칠한 명동을 걷는다

지하철 명동역에서 내려 충무로를 가로지르려다
문득 태극당 앞 건물 지하에 있던 〈음악회관〉 생각이 난
다
건장한 체구의 노익장이셨던 첼리스트 김인수 선생이
운영하시던
거기서 천상병을 위시한 우리는 무척 선생의 속을 썩혀
드렸다
이추림, 김희로의 〈오시회(午時會)〉도 여기서 주로 모임
을 가졌었지
충무로에 들어선 김에 우측으로 돌아 명동성당 길로 발
길을 옮긴다
길모퉁이, 여기쯤이던가
이산 김광섭 선생이 내시던 문예지 『자유문학』사가 있

었지

편집을 하던 이는 시인 김시철, 또 다음에는 소설가 박용숙이었던가

거기를 통해 남정현, 최인훈, 송혁, 남구봉, 권용태, 황명걸 등이 등단했고

아니지 결국 나도 그리로 등단하지 않았던가

조금 내려가니

우측에 빈대떡집 〈송림〉, 〈송도〉 자리가 보인다

아나운서 유창경, 소설가 정인영, 송기동, 시인 김춘배, 출판편집인 김승환, 김상기 등이

때로는 거의 고장난 고물 시계를 맡기고 외상술을 마셔도 싫은 내색도 없이 오히려

"너희들 술 좀 작작 마셔라. 몸 상할라."

염려하시던 주인 아줌마들……

70년대 어느 날에는 '겨울공화국'에 쫓기는 양성우 시인과 야인 백기완과

여기서 급한 회포를 나누기도 했지

아, 잊을 수 없다, 그때 쏘아보던 양성우 시인의 새파란 야수 같은 눈빛!

폭격으로 폐허가 된 건물 지하에 수십 집이 얼기설기 칸을 막고 영업을 해서

우리가 '아방궁'이라 불렀던 곳에는

이제 이름 모를 큰 빌딩이 치솟아 있고

박성룡, 이규헌, 이일, 이창대, 김관식, 이현우, 송혁, 신기선, 송영택 등이

소금으로 안주를 삼고 동동주라는 카바이트 술을 마시던

언덕배기의 〈몽파르나스〉는 이일 시인의 명명(命名)이었던가

이현우가 자주 노숙을 한 공원이었던 제일백화점 자리는 흔적도 없고

그 앞에 있던 음악감상실 〈돌체〉, 〈엠프레스〉

폐질환으로 파랗게 질린 표정의 천재 화가 김청관을 비롯한 박서보, 문우식, 최기원 등의 화가며 조각가들의 모습이 떠오르며

거기서 DJ 역할을 하던 나중에 『조선일보』 문화부장을 한 정영일 생각도 나고

좁은 골목 안에 있던 〈쌍과부집〉은 알코올중독의 천상병이 주기(酒氣)가

떨어지면 가서 큰 유리잔으로 막소주 한 잔을 홀짝 마시던 곳이었지

다시 명동의 본길로 돌아와 복원 중인 국립극장 쪽으로

걷는다

왼쪽의 화려한 패션 상점 거기에 〈청동〉에서 〈금문〉 〈송원〉으로

이름이 바뀐 찻집이 있었지

늘 그 자리에 눌러앉아 연신 담배를 피워 물며

끊임없이 찾아오는 여학생들의 손을 만지작거리시던

〈청동문학〉의 주인이시며 우리 문단의 원로 공초 오상순 선생!

거기서 만난 남구봉, 신봉승, 김종원 등의 친구와 멋쟁이 선배 황명, 최재복

그리고 김금지, 최희숙, 박정희 등의 여자 친구들

아, 지금의 내 아내 소국당(小菊堂)도 거기에 이따금 출입했었지

그 위가 〈송원기원〉이었는데

우리나라 바둑계를 이끌던 조남철 선생이 운영하시던 그곳에서

민병산, 신동문, 김심온, 신경림, 황명걸, 이시철, 김문수 등을 만난다

겨우 두 집 내면 사는 정도밖에 모르는 내게

조 선생은 떡 8급 딱지를 붙여 주시고……

네거리에 서면, 국립극단 초년생으로 무대에 섰지만, 열

정적이고

인상적이었던 김금지의 〈만선(滿船)〉 무대 연기가 생각
난다

왼쪽으로 발길을 돌렸다가 다시 을지로 쪽으로 꺾는다

탤런트 최불암의 어머니가 운영하시던 그 유명한 목로
〈은성〉

그 자리 앞에 선다

그 집의 벽화로 불리운 명동백작 이봉구 선생, 박봉우,
문일영, 김하중, 이문환 등의 시인 묵객들……

모두가 그리운 이름들이다

그리고 그 앞집이 〈몽블랑〉이었다

내 인생의 진로를 바꿔놓은 영화감독 김소동 선생이 늘
진치고 계시던 찻집

어려서부터 영화에 미쳐서 그 길로 가려고

서라벌예대 첫해 연극영화과에 입학하려는 나를 극구
말려

동국대 국문과로 돌려놓으신 선생님!

여기서 문득 내 추억 걷기는 멎는다

약속 시간이 다 되고 그 장소가 바로 거기 보였기 때문
이다

〈갈채〉〈코지코너〉〈동방살롱〉〈청산〉〈도심〉〈문예살

롱〉 등의 찻집과

〈명천옥〉〈구만리〉〈할머니집〉〈도라무통집〉 등의 대폿
집……

많은 이들이 가고 명동은 변했다

허지만 아직도 많은 명동 구석구석의 추억을 찾아 나는
또 여기 올 것이다

새는

일렁이는 바다
그 무형한 형지(刑地)에
먼동이 트면
새는
죽지 잃은 새는
비로소 야맹(夜盲)의 눈을 뜬다

밤새도록
머릿속에서 재각거리던
시계 소리도 멎었는데
둘러보는 동서남북
막막한 손길
불가해한 안개

새는
죽지 잃은 새는
굳건한
의지의 나무를 잊지 못한다

새는
죽지 잃은 새는
나의 사랑은…… 미로(迷路)

강민 시인 5주기 추모 시집을 간행하며

맹문재

1.

강민 선생님을 처음 뵌 것은 2014년 1월 21일 인사동에 있는 포도나무집에서였다. 그 자리에는 이행자, 이경철, 이소리, 박희호 선배님들도 함께했는데, 강민 선생님의 시집 발간을 논의했다. 그 이전에도 이승철 선배님 등이 강민 선생님의 시집을 간행하면 좋겠다는 추천이 있었다. 나는 선배님들의 의견을 대부분 수용하는 편이어서 대면 자리는 편하고 즐거웠다.

선생님께서는 뵌 지 보름쯤 되는 2월 6일 시집 원고를 정리해서 충무로에 있는 푸른사상사의 사무실에 방문하셨다. 박정희 선생님과 이소리 선배님이 동행했다. 그 자리에서 선생님은 시집의 구성이나 편집 등에 관한 일체를 나에게 위임하셨다. 그리고 시집 해설은 이경철 평론가를, 시집 뒤표지 글은 신경림 시인이 쓰면 좋겠다는 의견을 주셨다. 또한 뒤표지 글 한 꼭지는 내가 쓰면 좋겠다고 하셨다. 젊은 시인의 글을 받고 싶다고 하셨다. 선생님께서 깊이 생각하시

133

고 부탁하신 것이라는 판단이 되어 감사하게 받아들였다.

선생님의 시집 『외포리의 갈매기』는 6월 30일 '푸른사상 시선 42번'으로 간행되었다. 작품의 주제와 발표 시기 등을 고려해서 72편의 시를 골라 4부로 나누어 편집했다. 나는 시집을 간행한 뒤 그냥 묻기가 아쉽다는 생각이 들어 이경철 선배님 등에게 출판기념회를 언론사에 많이 알리는 행사로 갖자고 의견을 드렸더니 흔쾌히 도와주셨다.

선생님의 시집 출판기념회는 2024년 7월 9일 12시 30분부터 인사동에 있는 포도나무집에서 열렸다. 신경림, 민영, 황명걸, 신봉승, 구중서, 박정희, 서정란 등 원로 시인들뿐만 아니라 이경철, 이승철 선배님 등도 참석했다. 언론사에서는 김여란(경향신문), 유민환, 김선규(문화일보), 조용호(세계일보), 황수현(한국일보) 기자 등이 참석했다. 조문호 사진작가가 행사 사진을 찍어주셨다. 7월 10일 조용호 기자는 『세계일보』에 「팔순에 이른 여섯 문인들, 지난 세월을 詩로 노닐다 어느덧 소년·소녀가 됐다」(https://www.segye.com/newsView/20140710004807?OutUrl=daum)란 제목으로 강민 선생님의 시집을 크게 소개해주었다. 선생님의 시집은 2014 세종도서 문학나눔 (옛 문화관광부 추천 우수도서) 우수도서로도 선정되었다.

2.

강민 선생님께서는 시집을 준비하는 과정에서 한국전쟁과 그 후의 문단에 대해 자주 들려주셨다. 매우 귀한 말씀이어서 『푸른사상』에 대담 형식으로 연재하면 좋겠다고 말씀드렸다. 그러자 선생님께서는 당신보다는 더 좋은 분이 있다면서 양보하셨다. 그분이 바로 김수영 시인의 부인인 김현경 여사님이셨다.

4월 17일 선생님과 함께 김현경 선생님 댁에 인사를 갔다. 그날부터 김현경 여사님의 말씀을 듣기 시작해『푸른사상』 여름호에 첫 번째 대담을 실었고, 그것을 계기로 2024년 봄호까지 실었다. 장장 10년간이나 김수영 시인의 삶과 문학을 깊게 공부할 수 있었다. 이 귀한 인연을 강민 선생님께서 마련해주신 것이다. 되돌아보니 강민 선생님의 말씀도 듣는 것이 필요했는데 하는 후회가 든다.

내가 김현경 여사님과 대담하거나 김현경 여사님의 생신 등 이러지리한 모임이 있을 때마다 강민 선생님께서도 함께 하셨다. 주로 함동수, 정원도, 박설희, 김가배, 신동명, 오현정, 남기선 등이 모였다. 현재는 금선주, 김은정, 김임선, 김효숙, 박규숙, 박홍점, 성향숙, 조은구슬, 최기순, 홍순영 등이 함께 모이고 있다. 2014년 5월 4일 김현경 여사님의 주선으로 강민 선생님과 함께 충북 보은에 있는 선병국 가옥을 다녀온 시간이 문득 떠오른다.

김현경 여사님의 댁에서 자주 모이다 보니 자연스레 인연을 살려 책을 내자는 의견이 오고 가서 2017년 10월 30일 사랑을 주제로 한 합동 산문집『우리는 영원하고 사랑도 그렇다』를 출간했다. 강민 선생님께서는 「창문을 두드리는 새」 「노을녘, 그 커피의 추억」 「나의 인사동 이야기」 등 세 편을 수록하셨다. 김현경 여사님 댁에서 산문집 출간을 자축하는 자리도 함께하셨다.

강민 선생님께서는 나의 일들에 많은 응원을 해주셨다. 2014년 11월 15일 용인 삼정문학관에서 가진 김규동 시인 3주기 추모 시 낭송회에 오셔서 시를 낭송해주셨고, 2015년 7월부터 9월까지 문학의집 서울에서 남산시학당을 진행할 때 김현경 여사님과 함께 오셔서 격려해주셨다. 2018년 6월 9일 용인시청 컨벤션홀에서 열린 김수영 시인 50주기 추모 시 낭송회에도 참석해주셨다. 2018년 12월 31일에 간행한 나의 평론집 『시와 정치』를 다음 해 1월 31일 김현경 여사님 댁에서 출판기념회를 가졌을 때도 찾아주셨다.

3.

강민 선생님께서 응원해주신 것 중에서 촛불집회를 빼놓을 수 없다. 2016년 11월 4일 광화문광장에서 예술인 시국 선언 이후 한국작가회의를 비롯해 예술인 단체들이 광화문 광장에 텐트촌을 치고 박근혜 정부 탄핵 운동에 들어갔다. 세월호 참사에 대한 진상 규명이 제대로 이루어지지 않은 데다가 아무런 자격도 없는 한 개인이 대통령과 가깝다는 이유로 국정 전반에 부당하게 개입한 정황이 밝혀지자 국민이 분노했는데, 예술인들이 앞장선 것이다.

2016년 10월 29일(토) 오후 6시 서울 청계광장 등에서 열린 제1차 촛불집회부터 2017년 3월 4일 제19차 촛불집회까지 강민 선생님께서는 한 번도 빠지지 않으셨다. 나는 한국작가회의 자유실천위원회 위원장으로서 촛불집회에 참가하고 있었는데, 선생님께서는 광장에서 뵐 때마다 수고한다며 응원해주셨다. 때로는 경비에 쓰라고 지갑을 털어 전해주시기도 했다. 유순예 등 젊은 시인들도 많이 격려해주셨다. 그 결과 2017년 3월 10일⒡ 오전 11시 21분 헌법재판소는 재판관 8명의 전원 일치로 대통령 박근혜를 파면한다고 선고했다. 선생님께서는 광화문광장에서 무수히 많은 시민과 함께 환호하며 대한민국 만세! 민주주의 만세! 부르셨다. 내가 직접 보지는 못했지만, 충분히 유추할 수 있다.

4.

강민 선생님께서 2019년 2월 22일 시선집『백두에 머리를 두고』(창비)를 간행하셨다. 염무웅 선생님께서 특별한 애정을 가지고 엮으신 시집으로 선생님의 시 세계가 고스란히 들어 있다. 선생님의 시집 간행을 그냥 넘길 수 없어 가까운 시인들과 뜻을 모아 2019년 3월 6일 용인 포은아트홀 이벤트홀에서 출판기념회를 열었다. 마침 2019년 2월 25일 김태수 선생님도 시집『베트남, 내가 두고 온 나라』(푸른사상)를 간행했기에 두 분을 함께 모셨다. 광주에서 올라오신 김준태 선생님을 비롯해 박정희, 이혜선, 임동확, 정우영, 이경철, 정원도, 박몽구, 윤일균, 이명옥, 박재웅, 이인휘, 춰뫼 김구, 임경일, 채상근, 박설희, 성향숙, 정동용, 권지영 등 많은 후배 문인들이 참석해 축하의 시간을 마련했다.

2019년 5월 10일 합동시집『광장으로 가는 길』(푸른사상)이 간행되었다. '푸른사상 시선 100번' 기념 시집이었는데, 강민 선생님은「외포리의 갈매기」로 참여하셨다.

5.

강민 선생님께서 병원에 입원하셨다는 소식을 들었을 때도 나는 별로 심각하게 생각하지 않았다. 그만큼 선생님께서는 지병을 내색하지 않고 지내셨기 때문이다. 분당 서울대병원에 입원하셨을 때에도 크게 중하다는 생각이 들지 않았다. 백암 샘물병원에 입원하셨을 때는 상태가 좋지 않지만, 비교적 차분하셨다. 선생님께서는 2019년 8월 22일 돌아가셨다. 24일까지 분당 서울대병원 장례식장에서 장례를 치렀고, 장충단교회의 묘지인 양주시 광적면 장충동산에 안장되셨다. 나는 선생님을 기리는 추모시 「인사동 시인」을 써서 『세계일보』(8. 23)에 발표했다. 조정진 기자가 지면을 배려해주었다.

나는 선생님께서 생전에 말씀하신 경안리가 궁금해 찾아가 보기도 했다. 마침 그 근처에서 문학강연이 있어 시간을 낸 것이다. 그리고 시를 써서 2019년 『모든시』 겨울호에 발표했다.

경안리에서

정형외과, 노래방, 순대국집, 부동산 중개소
법무사, 치과, 한의원, 가구백화점……

어느 거리에서나 볼 수 있는 간판들이 즐비한
경안동 행정복지센터 주위를
더 이상 살필 수 없었다

강민 시인이 1950년 8월
열여덟 살 북한군 동갑내기와 밤새 얘기하다가 헤어졌다는
경안리 주막을 찾는 일은
애처로웠다
여관 간판이 보이기도 했지만
들어가 물어본 일 역시 허무했다

그래도 문학 강의하러 갔던 경안리
겨울바람처럼 떠나오지 못하고 우두커니 서서

병원 침대에서 들려주던 시인의 말을
유언으로 듣는다

이놈의 전쟁 언제 끝나지…… 우리 죽지 말자……

악수를 나누고 새벽에 헤어졌던 그 북한 동갑내기를
한 번 만나고 싶어

6.

어느 날 강민 선생님께 왜 큰 출판사에 계속 재직하지 않으셨냐고 여쭈어보았더니, 그 당시 노조 문제가 있었는데 노조의 편에 서는 바람에 회사에서 나올 수밖에 없었다고 대답하셨다. 경영자의 편에 서면 살아가는 데 유리했을 텐데, 그것을 버리고 정의의 길을 택하신 선생님의 말씀에 숙연해질 수밖에 없었다. 나는 그 순간 선생님을 모셔야겠다고 마음먹었다.

2021년 『푸른사상』 여름호 특집으로 백기완 선생님을 모셨다. 방배추(동규), 유홍준, 최열, 임진택, 송경동 등이 참여했다. 그때 유홍준 선생님께서 하신 말씀이 떠오른다. "내가 1975년에 출소했는데, 6남매가 먹고 살아야겠기에 백기완 선생님께 취직을 부탁했어요. 백 선생님은 금성출판사의 편집국장으로 있는 강민 시인을 소개해주셨어요. 그래서 충무로에 있는 금성출판사에서 일하게 되었어요. 그처럼 그 무렵 재야운동은 강민 선생님의 도움을 많이 받았어요. 강민 선생님은 주변 사람들에게 밥을 많이 사주시고 어려운 부탁을 들어주셨어요. 백기완 선생님 댁에 세배를 가면 강민 선생님께서 궤짝으로 보내주신 소고기를 쓸 정도였어요. 시민운동 및 노동운동이 조직화되는 시기로 넘어가기 전에는 이렇게 개인 차원에서 연대가 있었어요. 강민 선생님을 기억할 필요가 있어요."(17쪽) 강민 선생님의 훌륭한 삶을 다시금 확인한 자리였다.

7.

2024년에 들어 강민 선생님의 5주기 추모 시집을 기일 전에 간행해야겠다고 생각했다. 그렇지만 살아가는 일이 바쁘고, 경비 마련이 만만하지 않아 미루고 있었다. 그러다가 선생님의 맏아들인 일구 씨에게 전화를 했는데, 마침 기일이어서 정신이 번쩍 들었다. 더 미루어서는 선생님께 큰 결례를 한다는 생각이 들었다.

그 이튿날부터 김금용, 공광규, 김윤환, 장우원, 조미희 시인들께 편집위원을 맡아달라고 부탁드렸는데, 모두 승낙해주셨다. 곧바로 원고 청탁서를 만들고, 섭외하기 시작했다. 후원 안내도 알렸다. 그 결과 마흔세 분이 원고를 보내주셨다. 강송림, 강송숙, 공광규, 김금용, 김난석, 김미녀, 김선진, 김영은, 김윤환, 김종선, 나숙자, 맹문재, 박설희, 서정란, 유순예, 유종, 이경철, 이명옥, 이수영, 이영숙, 이은정, 이인성, 장봉숙, 장우원, 정원도, 조미희, 조정애, 채상근, 최금녀, 함동수, 함진원, 홍사성 등이 후원금을 보내오셨다. 강일구 아드님도 큰 금액을 보태주셨다. 유족과 조문호 사진작가께서 귀한 사진을 제공해주셨다. 함께해주신 분들께 감사의 인사를 드린다.

강민 선생님의 추모 시집을 간행하게 되어 다행이다. 선생님의 선하고 의연하고 정의로운 삶을 다시금 배울 수 있는 자리를 조촐하게나마 마련했기 때문이다. 큰 인연을 맺어주신 선생님, 부디 평온하소서.

강일구   1968년 출생. 강민 시인의 맏아들.

공광규   1960년 서울 출생, 청양 성장. 1986년 『동서문학』으로 작품
        활동 시작. 시집으로 『담장을 허물다』 『서사시 금강산』 『서
        사시 동해』, 산문집으로 『맑은 슬픔』 등이 있음.

김금용   1997년 『현대시학』으로 작품 활동 시작. 시집으로 『물의 시
        간이 온다』 『각을 끌어안다』 『핏줄은 따스하다, 아프다』 『넘
        치는 그늘』 『광화문 쟈콥』, 중국어 번역시집 『문혁이 낳은
        중국현대시』 외 2권 있음. 김삿갓문학상, 동국문학상, 펜번
        역문학상 등 수상. 현재 『시결』 주간.

김난석   충남 홍성 출생. 1999년 『문학시대』로 작품 활동 시작. 한
        국시인협회, 한국문인협회, 국제펜클럽 한국본부 회원. 시
        집으로 『강변 이야기』 『바라다보매 다 꽃이어라』 『바람 불어
        더 좋은 날』 『호반의 시편』, 산문집으로 『꽃눈 뜨자 눈꽃 내
        려』 있음.

김미녀   1993년 『월간문학』 시 부문 신인상으로 작품 활동 시작. 한
        국여성문학인회 사무차장 역임. 현재 한국문협, 문학의집
        회원, 국제펜한국본부 이사. 시집으로 『날마다 새벽은 일고』
        있음.

김선진 경남 양산 출생. 1989년『시문학』신인상으로 작품 활동 시
작. 시집으로『끈끈한 손잡이로 묶어주는 고리는』『촛농의
두께만큼』『숲이 만난 세상』『몽환의 다리에서』, 시선집으로
『마음은 손바닥이다』, 산문집으로『소리치는 나무』있음. 윤
동주문학상, 한국현대시인상, 이화문학상 수상.

김영은 1945년 충북 음성 출생. 1989년『월간문학』으로 작품 활동
시작. 시집으로『이름을 가진 낙엽』『나는 밥을 낳았다』『꿈
꾸는 새는 비에 젖지 않는다』등이 있음.

김윤환 1989년『실천문학』으로 작품 활동 시작. 시집으로『그릇에
대한 기억』『이름의 풍장』『누군가 나를 지우는 동안』등이
있음.

김이하 1959년 전북 진안 출생. 1989년『동양문학』으로 작품 활동
시작. 시집으로『내 가슴에서 날아간 UFO』『타박타박』『춘
정, 火』『눈물에 금이 갔다』『그냥, 그래』『목을 꺾어 슬픔을
죽이다』가 있음. 사진전〈병신무란 하야祭〉,〈씨앗페〉,〈걷
다_날다_외치다〉참여. 개인전〈시인이 만난 사람들〉,〈홍
제천〉개최.

김현지 1988년『월간문학』신인상으로 작품 활동 시작. 시집으로
『연어일기』『그늘 한 평』『꿈꾸는 흙』, 포토에세이『취우산에
서 10년 그리고 1년』등이 있음.

나숙자 1992년 등단. 시집으로『작은 자유를 위하여』가 있음.

맹문재 시집으로『먼 길을 움직인다』『물고기에게 배우다』『책이 무
거운 이유』『사과를 내밀다』『기룬 어린 양들』『사북 골목에
서』있음. 현재 안양대 교수.

문효치   1966년 『한국일보』, 『서울신문』으로 작품 활동 시작. 시집으
        로 『헤이, 막걸리』 『어이할까』 『왕인의 수염』 외 10여 권. 시
        선집으로 『사랑이여 어디든 가서』 외 4권 있음. 정지용문학
        상, 천상병시문학상, 김삿갓문학상, 석정시문학상, 옥관문
        화훈장 등 수상. 현재 『미네르바』 발행인, 인사동 시인.

박설희   2003년 『실천문학』 시 부문 신인상으로 작품 활동 시작. 시
        집으로 『쪽문으로 드나드는 구름』 『꽃은 바퀴다』 『가슴을 재
        다』, 산문집으로 『틈이 있기에 숨결이 나부낀다』 등이 있음.

박이정   2006년 『다층』으로 작품 활동 시작. 시집으로 『나비를 이루
        는 말들』 있음.

방배추(동규)   1935년 황해도 개성 출생. '시라소니' 이후 최고의 주
        먹이라는 명칭을 얻음. 1954년 체육특기생으로 홍익대 법
        학과 입학. 백기완 등과 녹화사업 등을 함계함. 30세에 독
        일에 건너가 3년간 광부 생활을 했고, 4년간 프랑스 생활
        을 함. 1970년 귀국해 양장점 '살롱드방'을 운영. 1973년 강
        원도 철원에서 '노느메기밭'을 일구다가 간첩혐의로 옥고
        를 치름. 1979년 중동 아랍에미리트에서 근무했고, 1986년
        『말』지 사건으로 구속됨. 1991년 서해화성 경영자, 1994년
        중국 공장 대표이사 역임. 2001년 헬스클럽 강사, 2005년
        경복궁 관람안내 지도위원으로 봉직. 본명보다 별명 '배추'
        가 더 유명함.

서정란   경북 안동 출생. 1992년 『바다시』 동인지로 작품 활동 시작.
        시집으로 『클림트와 연애를』 『꽃구름 카페』 외 5권 있음.

유순예   2007년 『시선』으로 작품 활동 시작. 시집으로 『나비, 다녀가
        시다』 『호박꽃 엄마』 『속삭거려도 다 알아』 등이 있음.

유　종　1963년 전남 해남 출생. 2005년『작가』추천 및『시평』여름
　　　　호로 작품 활동 시작. 시집으로『푸른 독을 품는 시간』이 있
　　　　음.

윤제림　충북 제천 출생. 1987년 봄『소년중앙』문학상, 같은 해 가
　　　　을『문예중앙』신인문학상으로 작품 활동 시작. 시집으로
　　　　『삼천리호자전거』『미미의 집』『황천반점』『사랑을 놓치다』
　　　　『그는 걸어서 온다』『새의 얼굴』『편지에는 그냥 잘 지낸다
　　　　고 쓴다』등이, 시선집으로『강가에서』, 동시집『거북이는
　　　　오늘도 지각이다』, 평전으로『늬들 마음 우리가 안다―시인
　　　　조지훈』이 있음. 지훈문학상, 권태응문학상, 영랑시문학상,
　　　　불교문예작품상, 동국문학상 등 수상. 현재 서울예술대학
　　　　교 커뮤니케이션학부 교수.

윤중목　1989년 제2회 전태일문학상으로 작품 활동 시작. 시집으로
　　　　『밥격』『화방사 꼬마』, 영화평론집『지슬에서 청야까지』등
　　　　이 있음. 문화법인 목선재 대표.

이경철　1955년 전남 담양 출생. 2010년『시와시학』으로 작품 활동
　　　　시작. 시집으로『그리움 베리에이션』등이 있음.

이명옥　1957년 서울 출생. 2009년 KBS WORLD〈이광용의 문화
　　　　공감〉문화칼럼니스트로 패널. 2009년~2011년 1월 라디오
　　　　21TV〈이명옥의 문화광장〉진행자. 2005년~현재 오마이
　　　　뉴스 시민기자 책동네.

이상문　1983년『월간문학』으로 작품 활동 시작. 창작집으로『살아
　　　　나는 팔』『영웅의 나라』『은밀한 배반』『누군들 별이 되고 싶
　　　　지 않으랴』, 장편소설『황색인』(전3권)『계단 없는 도시』『자
　　　　유와의 계약』(전2권)『늪지대 저쪽』『작은 나라의 마지막 비
　　　　상구』『춤추는 나부』(전2권)『오―노!』(전3권)『너를 향해 쏜다』

『태극기가 바람에 휘날립니다』(전5권) 『방랑시인 김삿갓』(전 10권), 르포집으로 『베트남별곡』 『혁명은 끝나지 않았다』 등 이 있음.

이수영　1952년 서울 출생. 시집 『깊은 잠에 빠진 방의 열쇠』를 통해 작품 활동 시작. 시집으로 『무지개 생명부』 『안단테 자동차』 『미르테의 꽃, 슈만』 외 있음.

이승철　1958년 전남 함평 출생. 1983년 무크 『민의』 제2집으로 작 품 활동 시작. 시집으로 『총알택시 안에서의 명상』 『당산철 교 위에서』 『오월』 『그 남자는 무엇으로 사는가』 등이, 산문 집으로 『광주의 문학정신과 그 뿌리를 찾아서』 등이 있음. 한국작가회의 이사 역임.

이영숙　강원 철원 출생. 1991년 『문학예술』로 시 작품 활동 시작. 2017년 『시와세계』로 평론 작품 활동 시작. 시집으로 『시 (詩)와 호박씨』 『히스테리 미스터리』가 있음.

이원규　1947년 인천 출생. 『월간문학』 신인상, 『현대문학』 장편 공 모 당선으로 작품 활동 시작. 동국대에서 10여 년 소설 강 의. 소설집으로 『천사의 날개』 『마지막 무관생도들』, 평전으 로 『김산 평전』 『조봉암 평전』 『민족혁명가 김원봉』 『고유섭 평전』 등이 있음.

이은정　1944년 충남 보령 출생. 1990년 『시대문학』으로 작품 활동 시작.

이인성　경북 성주 출생. 『리토피아』로 작품 활동 시작. 막비시 동 인. 시집으로 『바람이 사는 법』이 있음.

이혜선　경남 함안 출생. 1981년 『시문학』 추천으로 작품 활동 시작.

시집으로『운문호일(雲門好日)』『새소리 택배』 등이, 시선집
으로『흘린 술이 반이다』『불로 끄다, 물에 타오르다』, 시평
집으로『시가 있는 저녁』, 그 외 저서 다수 있음. 현재 한국
여성문학인회 이사장.

장우원 　시집으로『나는 왜 천연기념물이 아닌가』『바람 불다 지친
　　　　 봄날』『수궁가 한 대목처럼』 등이, 시사진집으로『안나푸르
　　　　 나 가는 길』이 있음.

정승재 　1959년 충북 충주 출생. 2002년『문학나무』에 단편소설「카
　　　　 페 밀레니엄」으로 당선되어 작품 활동 시작. 소설집으로
　　　　『내 남편이 대통령이었으면 좋겠다』『로체가 있던 자리, 금
　　　　 호동』이 있음.

정원도 　1959년 대구 출생. 1985년『시인』으로 작품 활동 시작. 시집
　　　　 으로『그리운 흙』『귀뚜라미 생포작전』『마부』『말들도 할 말
　　　　 이 많았다』『나는 그를 지우지 못한다』 등이 있음. 한국작가
　　　　 회의 감사, 연대활동위원장 역임, 분단시대 동인.

조미희 　2015년『시인수첩』으로 작품 활동 시작. 시집으로『달이 파
　　　　 먹다 남긴 밤은 캄캄하다』『자칭 씨의 오지 입문기』가 있음.

조정애 　1947년 부산 출생. 1990년『문학공간』으로 작품 활동 시작.
　　　　 시집으로『내가 만든 허수아비』『푸른 눈빛의 새벽』『슬픔에
　　　　 도 언니가 있다』『일출보다 큰 사랑』『화산석』이 있음.

채상근 　1962년 강원 춘천 출생. 1985년『시인』으로 작품 활동 시작.
　　　　 시집으로『다음 열차를 기다리는 사람들』『거기 서 있는 사
　　　　 람 누구요』『사람이나 꽃이나』 있음.

최금녀 　함남 영흥 출생. 1998년『문예운동』으로 작품 활동 시작. 시

집으로『바람에게 밥 사주고 싶다』외 7권. 공초문학상, 펜문학상, 현대시인상, 윤동주문학상 수상. 한국여성문학인회 이사장 역임.

함동수 강원 홍천 출생.『문학과 의식』신인상으로 작품 활동 시작. 시집으로『하루 사는 법』『은이골에 숨다』『오늘밤은 두근거리는 통증처럼』, 산문집으로『꿈꾸는 시인』, 공동 산문집으로『우리는 영원하고 사랑도 그렇다』『먼 곳에서부터』등이, 연구서로『송은 유완희 시인의 문학세계』가 있음. 용인문화상 등 수상.

함진원 1995년『무등일보』신춘문예로 작품 활동 시작. 시집으로『인적 드문 숲길은 시작되었네』『푸성귀 한 잎 집으로 가고 있다』『눈 맑은 낙타를 만났다』, 연구서로『김현승 시의 이미지 연구』가 있음.

허형만 1973년『월간문학』으로 작품 활동 시작. 시집으로『영혼의 눈』『황홀』『바람칼』『만났다』등이, 중국어 시집『許炯万詩賞析』, 일본어 시집『耳な葬る』가 있음. 한국시인협회상, 영랑시문학상, 윤동주문학상, 공초문학상 등 수상. 한국가톨릭문인협회 이사장 역임. 현재 국립목포대학교 명예교수.

홍사성 2007년『시와 시학』으로 작품 활동 시작. 시집으로『내년에 사는 법』『고마운 아침』『터널을 지나며』『샹그릴라를 찾아서』가 있음. 제55회 한국시협상 수상.

홍신선 1965년『시문학』으로 작품 활동 시작. 시집으로『우연을 점 찍다』『직박구리의 봄노래』등이, 그 외 다수의 평론과 시선집이 있음.

1933년 3월 5일 서울에서 아버지 강성원(姜聖遠)과 어머니 노병
       의(盧秉義) 사이에서 3남 2녀 중 넷째로 태어나다. 본명은
       성철(聲哲).
1939년 경성 장충공립심상소학교(현재 장충초등학교)에 입학하다.
1945년 경성 장충공립심상소학교를 졸업한 뒤 중동중학교(6년제)
       에 입학하다. 가난한 집안, 해방 공간의 혼란, 아버지의 병
       환으로 4학년을 마치지 못하고 학업을 중단하다. 아버지
       별세하다. 남산에 있는 민족박물관 사환으로 취직하다.
1949년 담임이던 장익환 선생님의 배려로 5학년으로 복학하다.
1950년 6학년이 되었으나 한국전쟁이 일어나는 바람에 다시 학
       업을 중단하다. 남쪽으로 피란하다. 9 · 28 서울 수복 뒤
       집으로 돌아오다. 중학교 1학년 때 선배의 권유로 '독서
       회' 서클에 가입했던 이력이 빌미가 되어 '학련'이라는 우
       파 학생 모임에 끌려가 곡괭이 자루로 심하게 구타당하
       다. 같은 교회에 다니던 학우의 보증으로 혈서를 쓰고 풀
       려나오다. 12월 군대로 피신하려고 국민방위군사학교에
       자원 입대하다.
1951년 1 · 4후퇴로 온양에서 대구까지 눈보라 속으로 걸어가다.
       2월 구포 범어사 임시사관학교에서 국민방위군 소위로
       임관하다. 청주 문의면 후곡리 속리산 빨치산 출몰 지구
       소대장 역임하다. 국민방위군 해산으로 대구로 가다. 7월
       공군 통신하사관 후보생으로 입대하다. 11월 공군사관학

교 3기생으로 입교하다. 폐결핵을 앓아 공군병원에 입원하다.

1953년 2월 공군사관학교 퇴교하다.

1954년 가족들과 합류하고 동국대학교 국어국문학과에 입학하다. 폐결핵이 재발하여 학교를 중퇴하다. 이 무렵 양주동, 조지훈 등의 시인과 같은 학교의 이근삼, 이형기 등의 선배, 신경림 등의 문우를 만나다.

1957년 건강을 회복하고 도서출판 영지문화사에 입사하다.

1960년 정향사에 입사하다. 고미카와 준페이(五味川純平)의『인간의 조건』을 번역 출간하여 베스트셀러가 되다.

1962년 『자유문학』에 시「노래」를 발표하며 등단하다. 김광섭 시인의 배려와 남정현, 최인훈 등의 친구들 권유가 있었다. 6월 도서출판 육민사에 입사하다.

1963년 고은, 권용태, 김영태, 김재섭, 송혁, 신동문 등과 시 동인지『현실』을 창간하고, 2호까지 발간하다. 김상일, 김승환, 김종원, 박봉우, 신기선, 신봉승 등과 〈네오드라마〉 드라마 동인 활동하다.

1964년 도서출판 학원사에 입사하다.『주부생활』기자,『학원』편집부 차장을 거쳐 출판기획실장 등이 되다.

1965년 11월 동국대학교 국어국문학과 후배인 이국자(李菊子)와 결혼하다. 이국자는 방송작가와 소설가로 활동하다.

1967년 한국잡지기자협회 회장이 되다.

1968년 아들 일구 출생하다. 한국잡지기자협회 회장 임기 마치다.

1970년 딸 시내 출생하다.

1973년 둘째 아들 민구 출생하다. 금성출판사 편집국장으로 입사하다. 구중서, 방배추(동규), 백기완, 심우성 등과 교류하다.

1974년 자유실천문인협회의 창립에 참여하다.

1986~1987년 동국문학인회 회장이 되다. 『동국시집』 속간하다. 동국문학상을 제정하고 제1회 수상자로 신경림 시인을 선정하다.

1990년 금성출판사 편집상무직에서 퇴사하다.

1991년 도서출판 무수막을 창업하다.

1993년 4월 첫 시집 『물은 하나 되어 흐르네』(도서출판 답게) 출간하다. 이 시집으로 윤동주문학상 본상을 수상하다.

1995년 무수막을 사원들에게 물려주다.

1998년 경기도 양평군 강하면 동오리로 이사하다.

2002년 양평 『백운신문』에 시 「동오리 통신」을 연재하다. 4월 제2시집 『기다림에도 색깔이 있나 보다』(문학수첩) 출간하다. 동국문학인상 수상하다. 『문학과창작』에서 시행하는 시인들이 뽑는 시인상 수상하다. 민족문학작가회의 자문위원, 국제펜클럽본부 이사가 되다.

2006년 10월 2인(강민·이행자) 시화집 『꽃·파도·세월』(돈을새김) 출간하다. 참여 화가는 민충근, 박정호, 송대현, 안성금, 오경영, 오승우, 유근택, 이청운, 주재환, 홍선웅.

2009년 5월 아내 이국자 별세하다.

2010년 10월 제3시집 『미로에서』(책만드는집) 출간하다. 용인에 있는 큰아들과 함께 살다.

2014년 6월 제4시집 『외포리의 갈매기』(푸른사상사) 출간하다. 세종도서 문학나눔 우수도서로도 선정되었다. 촛불집회에 참여하다.

2017년 10월 합동 산문집 『우리는 영원하고 사랑도 그렇다』(푸른사상사)에 산문 「창문을 두드리는 새」 「노을녘, 그 커피의 추억」 「나의 인사동 이야기」 수록하다.

2019년 2월 제5시집 『백두에 머리를 두고』(창비) 출간하다. 8월 22일 타계하다.